하루 한번
힘이 되는 사람을 생각합니다

이병률

끌림

내가 걸어온 길이 아름다워 보일 때까지

난 돌아오지 않을 거야.

'열정'이라는 말

열정이란 말에는 한 철 태양이 머물다 지나간 들판의 냄새가 있고, 이른 새벽 푸석푸석한 이마를 쓸어올리며 무언가를 끼적이는 청년의 눈빛이 스며 있고, 언제인지 모르지만 언젠가는 타고 떠날 수 있는 보너스 항공권 한 장에 들어 있는 울렁거림이 있다. 열정은 그런 것이다. 그걸 모르면 숨이 막힐 것 같은 어둠에 놓여 있는 상태가 되고, 그걸 갖지 아니하면 신발을 신지 않은 채 낯선 도시에 떨어진 그 암담함과 다르지 않다.

사랑의 열정이 그러했고 청춘의 열정이 그러했고 먼 곳을 향한 열정이 그러했듯 가지고 있는 자와 가지고 있지 않은 자가 확연히 구분되는 그런 것. 이를테면 열정은 강 하나를 사이에 두고 건넌 자와 건너지 않은 자로 비유되고 구분되는 것이 아니라, 강물에 몸을 던져 물살을 타고 먼 길을 떠난 자와 아직 채 강물에 발을 담그지 않은 자, 그 둘로 비유된다.
열정은 건너는 것이 아니라, 몸을 맡겨 흐르는 것이다.

취향다리기

옥상에 말리려고 널어놓은 젖은 수건을
그만 두고 오는 바람에 며칠째 수건이 없다.
필요한 것인데도 돈을 아끼려 5일가량
버티고 버티다가 결국 사고 보니
이건 수건이 아니란 생각이 든다.
행주에 가깝단 생각이 든다. 아니 행주다.
괜찮다. 취향을 바꿔버리면 그만이니깐.
마른 손수건을 접을 적에 당신은 어떻게
하는가. 수건을 십자 형태로 접는가.
아니면 길게 두 번 접어서
다시 반으로, 반으로 이렇게 접는가.
상표가 가장 안쪽으로 들어가게 접는가,
아니면 상표가 드러나게 접는가.
접은 손수건을 다리미로 꾹 눌러 각을
세우는가. 아니면 손수건에 선명한 주름이
생기는 걸 죽을 것처럼 싫어하는가.
괜찮다. 여행은 당신의 그런
사소한 취향을 다려 펴주는 대신
크고도, 굵직한 취향만 남게 할 테니.

멕시코이발사

나는 이발사라는 직업을 좋아하지. 청결하잖아. 청결하지 않은 이발사는 본 적이 없어. 어느 날부턴가는 이발소에 가는 일이 자연스럽지 못한 일이 돼 버려서 더 이상 가지 않지만 난 여행을 가서 어쩔 수 없이 머릴 잘라야 할 일이 있으면 이발소를 찾아가. 앞머리가 눈을 찌른다거나, 며칠 동안 머리 를 감을 수 없어서 떡진 머리카락 속으로 스멀스멀 뭔가가 기어다니는 기분 이 들면 역 앞에 내려 이발소가 있는지 두리번거리지. 이발소여야만 해. 달 착지근한 미용실의 냄새가 아닌 비누 냄새 나는 왜 그런 이발소 있잖아.

말이 안 통해도 괜찮아. 이발소에서 파마를 해달라고 할 건 아니니까. 일단은 들어가서 흰 천을 두르고 앉은 다음, 머리를 한 손으로 잡아당겨서 이발사가 잘라야 할 길이를 알려주는 거야. 그리고 다른 한 손으로는 '싹둑'하는 제스처를 보여줘야지. 면도는 꼭 하게 내버려둬야 해. 네팔에서도 중국 류저우(柳州)에서도, 루마니아 시골 마을에서도 내가 이발사에게 면도를 하지 않겠다고 했을 때, 그들은 자신들의 임무를 다하지 못했다는 듯 찜찜한 표정을 보였거든. 대신 면도날은 끓는 물에 소독한 다음, 면도를 해달라고 하는 게 좋아. 나 때문에 일부러 물을 끓이게 하는 한이 있더라도 그게 좋아.

멕시코의 곤잘레스 할아버지는 기막힌 이발사였어. 60대의 할아버지였는데 그 손길, 있잖아. 일개 머리통에 불과한 것을 대하는 자세가 예술적이었어. 뭐랄까, 배려가 넘치면서, 정확하고, 심지어 부드럽기까지 했는데 중요한 건 이 모든 걸 전혀 생색내지도 부러 드러내려 하지도 않았다는 거야.

압권은 역시 면도였어. 그는 세 개의 컵을 가져다 나에게 향을 맡게 했는데 비누 거품을 만드는 그 통엔 각각 향이 다른 비누가 담겨 있었거든. 그중에서 맘에 드는 걸 고르게 하는 거야. 이 정도면 이 할아버지가 얼마나 프로인지를 알 수 있겠지. 물론 머리 감길 때 역시 손님이 선택한 향비누로 머릴 감겨주더라고. 난 적어도 남을 위한 배려가 그 정도는 돼야 한다고 생각해. 한 가지 비누만으로 모든 손님의 머릴 감기고 면도를 해주는 것도 뭐 나쁜 일이긴 할까마는 왠지 존중받는 느낌이잖아.

내 머리카락과 수염이 존중받는 거잖아. 그 기분이 나쁠 리 없잖아.

다음 날 아침,

나를 깨운 건 이발소에서 내 머릴 감겨준 그 비누 향이었어.

달콤했어. 나쁘지 않았어.

이야기 넷

그렇게 시작됐다

내가 그리고 싶은 그림, 얘기해줄까요?

우선 흰 도화지의 한가운데를 눈대중으로 나눈 다음,

맨 위에서부터 아래 끝까지 줄을 내려 그어요.

이 선은 뭘 의미하냐 하면 왼쪽 벽과 오른쪽 벽을 나누는 건데

우선 지금 당장은 평면처럼 보이지만

이 두 벽은 정확한 90도를 유지하고 있어요.

그러니까 왼쪽 골목에서 오른쪽 골목으로 가려면

90도, 몸을 회전해야 되는 '기역자' 벽인 거죠.

일단 왼쪽 벽에다가는 한 남자를 그려요.

벽 쪽에 몸을 바싹 붙이고, 오른쪽 벽을 향해 몸을 돌리고는

살금살금 숨바꼭질하듯 눈치를 보고 있는 옆 모습의 한 남자를요.

오른쪽 벽 역시, 마찬가지로 한 여자를 그려요.

여자 역시 벽 쪽에 붙어서 조심스레 누군가를 훔쳐보기라도 하듯

잔뜩 긴장을 하고 있는 옆 모습 여자를요.

실제 거리는 몇 센티에 불과하지만 90도로 꺾인 벽이기 때문에

상대방은 저 벽 뒤에 누군가가 가까이 있다는 사실조차 모르죠.

그림은 그림이기 때문에 그렇게 정지해 있지만 1초 후,

만약 그 두 사람이 앞으로 조금만 움직인다면

코를 부딪치게 될지도 몰라요.

그리고 다시 1초 후, 두 사람 모두 화들짝 놀란 나머지

몸을 정반대로 되돌려 멀리 멀리 뛰어가버릴지도 몰라요.

사랑의 시작은 그래요.

어떤 이상적인 호감의 대상이 한번 내 눈을 망쳐놓은 이후로,

자꾸 내 눈은 그 사람을 찾기 위해 그 사람 주변을 맴돌아요.

한 번 본 게 다인데 내 눈은 몹쓸 것으로 중독된 무엇처럼
그 한 사람으로 내 눈을 축축하게 만들지 않으면
눈이 바싹 말라비틀어질 것 같은 거죠.

하지만 이 그림은 혼자서만 애태우는 사랑이 아니라
두 사람이 동시에 서로의 존재 때문에 애달파하고 있다는 거예요.
그렇기 때문에 두 사람이 부딪치고 나면 아마도 두 사람은
마음을 터놓으면서 자신의 감정이 혼자만의 것이 아니었다는 걸
알게 될지도 모르죠.
「사실, 난…… 오래 전부터, 당신을 좋아하고 있었어요.」
이 말을 동시에, 둘이서, 상대방이 똑같은 말을 하는지도 모르고
그냥 해버리는 거예요.
그래서 두 사람 말이 골목 가득 메아리가 되어 울려 퍼지는 거예요.

이제, 두 사람이 만났으니 서로를 훔쳐보기 위해
수도 없이 벽 모서리에 얼굴을 기댄 자리는 더 이상 닳지도 않을 거예요.
그러니 얼마나 다행이에요?

내가 생각하는 사랑이 그래요.
한 사람의 것만으론 가 닿을 수 없는 것,
그러기엔 턱없이 모자라고 또 모자란 것,
그래서 약한 물살에도 떠내려가버리고 마는 것.
한 사람의 것만으론 이어붙일 수 없는 것,
한 사람의 것만으론 아무것도 아닌 게 되는 것.

자, 지금까지 내가 그리고 싶은 그림 얘기를 했어요.
이 그림 제목은 〈그렇게 시작됐다〉, 이거예요.

근데 나는 과연

이 그림을 완성할 수 있을까요?

얼마쯤

스페인의 바르셀로나에 도착했지만 단 3일 만에 그곳이 아닌 다른 곳으로 가야한다는 생각으로 불편했다. 그래, 있을 수 있을 만큼만 있어 보자. 하지만 5일을 버티지 못하고 난 멕시코로 날아갔다. 하지만 내가 도착한 그곳은 온통 축제로 정신이 없었다.

축제도 하루 이틀이지 연일 계속되는 축제의 과함 때문에 다른 이웃도시로 피신을 가보았지만 그곳에서도 다음 날부터 엄청난 규모의 축제가 시작된다고 했다. 물론 굉장한 축제였다. 태어나서 그런 축제를 또 볼 수 있을까 싶을 정도로 어마어마한 규모였고 사람들의 흥 또한 대단했다. 나는 이곳 역시도 내가 원하는 곳이 아니라는 마음이 들면서 무릎을 쳤다.

「그래, 쿠바에 가자. 쿠바에 가면 내가 원하는 뭔가가 있을지도 몰라.」

'여행 속의 여행'에서 다시 '여행 속의, 여행 속의 여행'을 계획하고 마치 도주할 일이 있는 사람처럼 실행에 옮겼다. 쿠바에서 여행을 마친 다음 반대로 멕시코로, 스페인으로 되짚어 오면서 여행을 하자는 계획도 포함시켰다.

멕시코에서 쿠바를 갈 수 있는 방법을 알아보는 중에 비행기 표의 비자를 수도인 멕시코시티에서 한참 떨어진 칸쿤에서만 사고 받을 수 있다는 사실을 알았다(그땐 그랬다). 지난번 멕시코 여행 때는 워낙 그곳이 엄청난 휴양지인지라 갈 엄두를 못냈는데 칸쿤은 쿠바를 가야 할 거라면 들르지 않으면 안 되는 곳이었다. 23.5시간 동안 버스를 타고 칸쿤에 도착했다.

칸쿤의 작은 여행사에 들러 여권을 맡기고 비자를 받아 달라고 부탁한 다음, 근처 어디에서 묵으며 비자를 기다릴 것인지 고민하기 시작했다. 나는 여행사 사장에게 싸게 지낼 수 있는 괜찮은 곳을 추천해 달라고 물었다. 그가 추천해 준 곳은 '이슬라 무헤레스(여인들의 섬)'라는 이름의 섬이었다. 그 섬으로 향하면서 바다가 보이고 파도 소리가 들리는 곳에서의 낭만적인 며칠을 상상했지만 내가 묵은 곳은 바다에서 제법 떨어진 섬 안쪽에 위치한 민박집이었다.

하루 서너 차례 바닷가를 오가는 일을 반복하면서 이틀 정도 섬소년처럼 지냈다. 그때 눈으로만 인사를 하고 지내던 옆방의 스위스 친구 커플이 내 방문을 두드렸다. 하루 종일 아무것도 안 하고 있는 내가 이상하고 걱정되었는지 우리 숙소 근처에 재미있는 사람이 있는데 그 사람을 한번 만나보라는 거였다. 구슬로 점을 쳐주는 사람이라고 했다.

30대 후반의 멕시코 여자였는데 점을 쳐주고 경비를 벌어 여행을 다닌다고 했다. 그녀는 나더러 앉으라고 하더니 많아서 복잡해 보이기까지 한 바구니들을 몇 개 꺼내 내 앞에 내놓았다. 그 바구니에서 맘에 드는 색깔의 구슬을 꺼내 실에다 꿰어보라는 거였다. 구슬은 너무나도 작았고 실내는 커튼을 닫아 놓은 상태여서 가는 실에 구슬을 꿰기엔 조금 밝았으면 싶었다. 망설이는 나에게 그녀는 시키는 대로 하라는 눈짓을 보냈다. 내가 구슬을 꿰는 사이, 그녀는 잡지 같은 걸 읽고 있었다. 「이만큼만 하면 될까?」 내가 한 뼘 정도 돼 보이는 구슬을 들어 보이니 마음대로 원하는 만큼 계속 해보라는 눈짓을 보냈다. 나는 마치 색시처럼 앉아 구슬을 계속 꿰었다.

하지만 그녀가 버럭 내지르는 소리에 구슬꿰기를 멈추어야 했다. 내가 구슬을 꿰다가 구슬 하나를 떨어뜨렸고 그 구슬이 또르르 바닥으로 떨어졌는데 난 그만 구슬꿰기에 열중하느라 그걸 미처 신경 쓰지 못한 모양이었다. 「이봐요. 구슬이 떨어지면 그 끝을 보아야 하는 거 아닌가요? 그래야 그 구슬을 주울 수 있어요.」

그녀가 다시 내가 꿴 구슬의 색깔을 더듬어 보면서 말했다.

「못 잊는 사람이 있어요. 왜 그 사람을 못 잊어요? 그리고 정말 왜 그렇게 돌아다녀요? 당신이 돌아다닌 길 때문에 내 머리가 아파 죽을 것 같아요.」

아니, 이 사람이. 도대체. 나는 얼굴이 벌게져서 그녀의 얼굴을 마주 보았지만 결국은 모든 것을 들켜버린 사람처럼 고개를 떨구어야 했다.

그녀는 그것으로 그치지 않고 나의 인생에 대해 이렇고 저렇고 참견했지만 나는 그런 말이 들리지 않았다. 그녀의 처음 몇 마디에 무릎이 꺾이는 듯한 통증이 전해져 이미 아무 소리도 못 듣고 있었다. 나는 구슬 덕분에 조금 엉망이 되었지만 그녀를 만난 그 하루는 나쁘지 않았다.

밤새 바닷가에 앉아 먼 곳을 바라보았다. 아무것도 보이지 않는 아주 먼 곳을 보느라 눈이 멀 것도 같았다. 발치로 파도가 밀려왔다. 죽도록 사랑한 한 사람을 생각하다가 또 그럼에도 죽도록 사랑해야 할 그 한 사람에 대해서도 생각했다.

당신은, 당신이 사는 집의 크기를 100이라고 친다면
나는 얼마쯤이었을까.
당신은, 당신이 알고 있는 가장 많은 숫자가 1000이라고 한다면
나는 그 가운데 얼마였을까.
당신은… 당신의 만 개쯤이나 되는 생각 속에
내가 차지하고 있는 자리는, 얼마쯤이었을까.

나는 그 '당신'이 따로가 아니라 단 한 사람일지도 모른다고 생각하면서 어느새 멀리 떠오르는 태양의 온노 넉분에 따뜻해지기 시작한 무릎 위에 풀썩 얼굴을 묻었다.

구슬을 떨어뜨렸을 때 그 구슬의 끝을 보지 못하면 우린 영영 그 구슬을 주울 수 없다.

이야기.여섯

시간을 달라

당신은 모든 것에 있어 많은 시간을 필요로 한다.

아침 침대에서 일어나 욕실로 향하는 시간.

약속 장소에 나가는 시간.

비디오로 본 영화가 끝나고 엔드 크레디트가 다 올라가고 나서도

시간이 한참 지난 후에야 당신은 스톱 버튼을 누르며,

심지어 전화 받을 때도 벨이 다섯 번 이상 울린 후에야

겨우 받기 위해 몸을 움직인다.

그러니 당신에겐 시간이 많이 필요하다.

어쩌면 사랑하는 일에도 당신은 똑같은 속도를 고집할지도 모른다.

그게 문제라는 얘기는 아니다.
그 시간을 송두리째 나에게 내줄 수 있냐는 거다.
그래서 나는 당신이 내준 그 몇 그램의 시간 동안
당신을 온전히 사랑할 수 있었으면 하는 거다.
당신이 시간을 사용하는 자세처럼 늘 익숙하고 늘 당당한 것이 아니라
조금은 애절하고 조금은 울컥하는, 그 무엇이었으면 하는 거다.

시작하는 법에 대해 잘 모른다면 나는 당신에게 그 방법을 알려줄 수도 있다.
그냥 나에게 이렇게 말 붙이면 되는 거다.

「넌 뭘 좋아해?
음, 난 TV를 크게 켜놓고 만화책 보는 시간이랑,
친구가 사준 창가 화분에서 떨어진 잎사귀들을 주워
유리컵에 담아두는 일이랑,
음, 그냥 가만히 앉아 있는 시간을 좋아해. 너무너무 좋아해.」

아마 당신이 나에게 그렇게 말하는 순간, 공중에서 새 한 마리가 날아와
내 어깨에 내려앉을 것이다. 그리고 그 새는 내 귀에다 이렇게 말할 것이다.
「이제 됐어. 그녀가 침묵을 깨고, 이제 시작한 거야. 축하한다구.」
나는 그렇게 시작하고 싶은 것이다.
당신의 습관을 이해하고, 당신의 갈팡질팡하는 취향들을 뭐라 하지 않는 것.
그리고 당신이 먹고 난 핫도그 막대를 버려주겠다며
오래 들고 돌아다니다가 공사장 모래 위에 이렇게 쓰는 것.
「사랑해.」

그러니 나에게 시간을 달라.
나에게 당신을 사랑할 수 있는 시간을 달라.

당신에게

청춘을 가만 두라. 흘러가는 대로. 혹은 그냥 닥치는 그대로.

청춘에 있어서만큼 사용법이란 없다. 파도처럼 닥치면 온 몸으로 받을 것이며 비갠 뒤의 푸른 하늘처럼 눈이 시리면 그냥 거기다 온 몸을 푹 담그면 그만이다.

주저하면 청춘이 아니다. 생각의 벽 안쪽에 갇혀 지내는 것도 청춘이 아니다. 괜히 자기 자신을 탓하거나 그도 아니면 남을 탓하는 것도 청춘의 임무가 아니다. 청춘은 운동장이다. 눈길 줄 데가 많은 번화가이며 마음 들떠 어쩔 줄 모르는 소풍날이다.

가끔, 나의 청춘을 돌아볼 때마다 여전히 가슴 두근거리는 이유는 아무거나 낙서를 해도 괜찮은 도화지, 그것도 끝도 없이 펼쳐진 거대한 도화지가 떠올려져서다. 누군들 그렇지 않을까. 어디서부터 어떻게 어질러야 할지를 모르는 하얀 도화지 앞에서의 두근거림이란 세상에서 가장 아름답고 순결한 감정이며 동시에 인생에 있어 몇 번 안 되는 기회일 테니 말이다.

하지만 청춘은 방해받는 것 투성이다. '하지 말라'는 말들을 귀에 딱지가 앉을 정도로 들어야 함으로 느낄 수도, 만날 수노, 가실 수도 없게 한다. 하지만 그럼에도 느껴야 하는 것, 만나야 하는 것, 사력을 다해 가져야 하는 것. 그래서 반드시 행복해야 하는 것, 그것이 청춘이다.

하지만 대부분 우리가 자신이 가지고 있는 걸 잘 느끼지 못하는 것처럼 청춘도 가볍게 여기기 쉽다. 그렇기 때문에 가볍게 소비되고 말며 그것이 얼마나 소중하고 아름다운 것이며 사랑스러운 것인지를 모른다.

청춘은 한 뼘 차이인지도 모른다. 그 사람과 내가 맞지 않았던 것도, 그 사람과 내가 인연으로 스치지 못했던 것도 그 한 뼘 차이 때문이었는지도 모른다. 청춘의 모두는 한 뼘과 연관되어 있으며 겨우, 그 한 뼘 때문에 대부분의 결과는 좋지 않다.

그러므로 지금까지의 모든 청춘은 실패했다. 세상 선배들의 모든 청춘이 그랬다. 하지만 그건 청춘이 실패를 겪을까봐 아무것도 저질러보지 못한 이들의 후회일 뿐. 실패를 겪으면 창피할까봐, 그 실패로 인해 또 다시 막막해질까봐 매순간 뒷걸음질을 했기 때문이다. 돌이켜보면 무엇이든 어느 때건 가능한 일 투성이었다는 것을, 그것이 얼마나 멋진 일이었던가를 세상 모든 선배들은 몰랐다.

그래서 선배들은 바보처럼 중얼거린다. '십 년만 젊었더라면… 십 년 전으로만 돌이킬 수 있다면…' 하지만 그 십년은 되돌려지지도 않을뿐더러 만약 이미 아무렇게나 지나쳐버린 십년 전으로 되돌아간다 해도 그 청춘을 다시 성공으로 돌이킬 수는 없다. 청춘에 있어서 한번 실패한 사람은 영원히 실패한 사람이기 때문이다.

청춘은 예민하되 청춘은 복잡하지 않다. 그렇다고 대단하지도 않다. 그냥 언뜻언뜻 휩쓸려가는 것이며, 중단할 수 없는 것이며 누구도 막아설 수 없는 것이다. 청춘은 다른 것으로는 안 되는 것이다, 다른 것으로는 대신할 수 없는 것이다.

울 일도 많을 것이다. 어쩌면 넘어지는 일도, 억울한 일도 많을 것이다. 청춘이라는 이유로 금세 딛고 일어설 수 있기 때문이다. 차라리 그것이 힘이 되기 때문이다.

그러니 문 앞에 서서 이 문 안에 무엇이 있을지, 무슨 일이 생길 것인지를 고민하면서 시간을 써버리면 안 된다. 그냥 설렘의 기운으로 힘껏 문을 열면 된다. 그때 쏟아지는 봄빛과 봄기운과 봄 햇살을 양팔 벌려 힘껏 껴안을 수 있다면 그것이 청춘이다.

그래서 청춘을 봄이라 한다.

거북이 한 마리

사람이 사람을 믿어야 하는 일은 당연하고도 당연한 일이겠지만
그 일로 몇 번의 죽을 것 같은 고비를 겪은 적이 있는 사람한테는
사람 믿는 일이 가장 어려운 일이 될 수도 있을 거란 생각.
내가 아는 사람 중에는 마음 아프게도
사람 때문에 마음 아픈 일이 많아
아주 먼 나라에 가서 살게 된 사람이 있다.
정말 그렇게까진 하지 않으려 했던 사람인데 사람을 등지는 일이,
나라를 등지는 일이 돼버린 사람.

쓸쓸한 그 사람은 먼 타국에 혼자 살면서 거북이 한 마리를 기른다.
매일매일 거북이한테 온갖 정성을 다 기울인다.
말을 붙인다.
그럴 일도 아닌데 꾸짖기까지 한다.
불 꺼진 집에 들어와 불 켜는 것도 잊은 채 거북이를 찾는다.
외로움 때문이기도 하지만 자신의 손길을 필요로 하는 존재가
분명 세상 어딘가에 있을 거란 확신으로 거북이에게 기댄다.
근데 왜 하필 거북이었을까?

「거북이의 그 속도로는 절대로 멀리 도망가지 않아요.
그리고 나보다도 아주 오래 살 테니까요.」
도망가지 못하며, 무엇보다 자기보다 오래 살 것이므로
먼저 거북이의 등을 보는 일은 없을 거라는 것.
이 두 가지 이유가 그 사람이 거북이를 기르게 된 이유.
사람으로부터 마음을 심하게 다친 한 사람의 이야기.

캄보디아 던

캄보디아 앙코르와트에 다녀와 잔뜩 밀린 일을 하고 있었다.

전화가 걸려왔다. 모르는 번호가 찍혔다. '던'이란다.

던은 내가 두 번째 앙코르와트에 갔을 때 사흘 동안 사원을 안내했던 친구. 스물한 살이었고 얼굴이 까맸고 축구를 좋아했고 사원에서 나를 기다린다고 해놓고 잠이 들어 나를 잃어버렸던 친구.

내가 앙코르와트가 좋아 그곳에 한 달 정도 살고 싶다고 했을 때 다시 오면 알려지지 않은 작은 사원에도 데려다 준다고 했던. 다시 오게 되면 농담처럼, 그땐 일반 숙소가 아니라 너의 집에 머물겠다고 했을 때「좋아. 근데 다 좋은데 우리 집은 전기가 안 들어와서 어두워.」라고 말했던.

국제전화를 걸어온 이가 던이라는 사실을 아는 순간 아무 말도 못하고 멍해져 있는 그 몇 초 동안 나는 내가 돌아온 날짜를 헤아렸고 내가 두고 온 것이 있는지를 되돌아봤고 사원의 조각과 나무와 바람들을 떠올리느라 대꾸가 늦었다.

나는 웃을 수도 없었고, 「왜 전화했어?」라고 물을 수도 없었고 「잘 지냈니?」라고 물을 수도 없어 싱겁게 말했다. 「한국에 온 거야?」

아니라고. 캄보디아라고. 그러더니 그가 대뜸 나에게 언제 올 거냐고 묻는다. 던은 '내가 다시 오게 되면'이라는 가정으로 그에게 수도 없이 물었던 질문들을 기억하고 내가 곧 올 줄 알았나 보다. 아무리 그래도 그렇지, 내가 그렇게 금방 돌아갈 거라고 그는 믿었단 말인가. 나는 말을 잇지 못한다.

내가 오면 공항에 나와주겠다고 한다. 내가 오면 호수에 가서 수영하자고 한다. 나 오면 예쁜 여자 친구들도 많이 소개시켜줄 것이고 내가 제일 좋아하는 타프롬 사원에도 다시 꼭 가보자고 한다.

그렇게 쓸쓸히 전화를 끊고 세수를 하겠단 마음이 들어 욕실에 들어가 거울을 보는데 내 얼굴은 무엇으로 붉어져 있다. 그것이 앙코르와트를 감쌌던 노을 같기도 했고 앙코르와트를 적시던 아침 태양 같기도 했다. 어쨌든 그것은 세수를 하고 나서도 한참 동안을 붉었다.

혼자는 좋아

내가 그의 친구가 되기로 한 건 그가 이름을 두 개나 가지고 있어서였다.

모리스 탱샹(Maurice Tinchant), 트란 트롱(Tran Trong).

아버지가 프랑스인이고 어머니가 베트남인이어서

그는 전혀 다른 이름 두 개를 가지고 산다.

퐁피두 센터에서 열린 한국영화축제 기간 동안 그를 알았는데

그는 아시아 영화에 관심이 많은 영화 제작자(그의 대표작은 『잔다르크』이다)였다.

어느 날, 그의 집에 초대를 받았다.

초대라기보다는, 저녁 식사 때가 되었는데

마침 찾아간 우리 집 근처의 식당이 문을 닫은 바람에

친구는 그냥 자기 집에 가서 간단하게 뭘 만들어 먹자고 제안했다.

그의 집은 식물이 많았다. 이국적인 나무들이 주택 정원에 심어져 있었고

한쪽 화단에 무성하게 자라고 있는 허브를 잘라 생수병에 넣으니

물은 훌륭한 허브차가 되었다. 식물을 사면 웬만한 건 땅에다 심는다고 했다.

식물이 많은 집. 왠지 그가 달라 보였고 할 수만 있다면 그의 집을 훔치고도 싶었다.

정원에 가득한 식물로도 모자라 실내에 들여놓은 화분은 식물원을 연상케 했다.

부엌 식탁 옆에 놓인 시클라멘 비슷한 꽃이 보기 좋다고 하니 그가 말했다.

「걘 여행 갈 때, 나랑 같이 가.」

「여행을?」

「한 달 전에 태국 갈 때도 같이 갔다 왔어.」

「공항에서 뭐라고 안 해?」

「나갈 땐 괜찮은데 태국에 입국하면서 시간이 많이 걸렸어.

걜 데리고 돌아올 때도 마찬가지로 까다로웠구.」

난 잠시 당황한다. 그럴 수 있는 것들이, 그리고 싶은 것들이 내겐 몇이나 될까.

「얘가 아프지 않아?」

「가서는 좋아하는 것 같던데 와서는 시름시름 앓더라구.」

여행 후유증이군. 마치 사람처럼…….

「근데 개나 고양이라면 데리고 다니는 걸 이해하겠는데 정말 이상하군.」

「그래서 이혼했어. 그런 날 싫어해. 내 여자는.」

「아, 미안.」

「혼자가 좋지?」

「혼자 좋지.」

그가 나에게 보내준 크리스마스 카드를 기억한다.

소포를 받아 보니 엽서 크기의 납작하고도 투명한 플라스틱 통이다.

두께는 1센티미터 정도.

재활용 용기 같은데 무엇에 쓰인 용도인지는 잘 모르는.

그 안에는 껍질을 벗겨내지 않은 보리가 들어 있다.

흔들면 소리가 날 정도.

마당에다 기르던 보리를 말린 거라고 했다.

매직펜 같은 걸로 플라스틱 표면에 간단한 인사를 적어 보내왔다.

그 예쁜 카드를 받고 난 이렇게 혼잣말을 했다.

「혼자 사니까 시간이 많지? 나도 그게 좋아.」

나는 자기가 좋아하는 무언가를 데리고 여행하는 사람이

부럽기도 하지만 어느 한편 그것들로 인해

자신이 얼마나 불편할까를 먼저 생각하곤 했다.

나는 여행하면서 이런 것들을 챙겨 가지고 다니는 사람이 여전히 신기하다.

— 트렁크 가득한 책.

　(게다가 그걸 다 읽고 버리고 가는 사람은 존경스럽기까지 하다.)

— 평소 즐겨 먹는 원두커피.

— 두툼한 일기장.

— 잠옷.

— 애인.

어쩌면 탱고

그날, 탱고 공연을 보고 나온 날. 아르헨티나의 부에노스 아이레스 밤하늘에 초승달이 위태롭게 떠 있던 날. 골목길을 혼자 걷다가 골목길을 돌기 위해 몸을 꺾는 순간, 나도 모르게 탱고 스텝을 흉내내고 있다는 생각을 하면서 조금 웃었다. 그날 본 탱고 공연이 너무 대단해서 다음날 아침, 눈을 뜨면 탱고 학교에 가보겠다 맘을 먹었다.

탱고 학교에는 나처럼 여행 온 사람들이 많았다. 조금 떨렸던 것 같다. 사진이나 영화만으로 봐왔던 그걸 과연 할 수 있을까 해서 조금 목이 말랐던 것 같다. 강사는 긴장도 어려움도 모두 없애라고 했다. 하지만 나는 자꾸 강사의 발만 밟기 일쑤였다. 그래도 미안해하지 말라고 한다. 남의 발에 밟히는 일이 자신의 직업이라며. 발을 몇 번쯤이나 밟았을까. 도대체 땀을 얼마나 흘렸을까.

그날도 난 그곳에 갔다. 그날은 더 많은 사람들이 와 있었는데 몇몇 외국인 커플도 탱고를 배우기 위해 와 있는 모습이 보였다. 스위스에서 왔다는 '세실'이라는 이름의 너도 그들 틈에 끼여 있었다. 늘씬했고 진지해 보였고 무엇보다 인상이 부드러운.

강사는 나와 너를 앞으로 불러내어 지금까지 익힌 간단한 동작들을 해보이라고 말한다. 나는 창피했지만 네 손을 잡는 순간 갑자기 모든 게 괜찮아진다. 내가 너의 발을 밟을 때마다 우릴 보고 있던 많은 사람들이 웃었지만 그럴 때마다 넌 더 열심이다.

내가 자꾸 너의 발을 밟아 더 이상 할 수 없을 것 같다고 두 손을 들어 보였더니 강사는 벽에 붙여놓은 사진 한 장을 가리킨다. 알 파치노가 주연한 영화 『여인의 향기』 포스터였는데 거기엔 이렇게 써 있나.

「잘못하면 스텝이 엉키죠. 하지만 그대로 추면 돼요. 스텝이 엉키면 그게 바로 탱고지요.」

그 문구를 읽는 순간 내 앞에 벌어진 모든 상황들이 로맨틱하게 다가온다. 로맨틱한 뭔가를 원하는 사람들이 탱고를 배우려 한다는 사실을 그제야 깨닫는다. 내가 자연스럽지 못하게 손수건을 꺼내 너의 구두를 닦아주려고 하는데 너는 그러지 말라며 내 손을 잡았고 다른 한 손으로 구두 콧등을 쓱쓱 닦아낸다. 너는 고맙다고 웃으며 말한다.

다른 사람들이 차례로 나가 스텝을 익히고 나자 10분간의 휴식 시간이 있었고 강사는 특별히 시범을 보여준다면서 조수쯤으로 보이는 여인과 탱고를 추기 시작한다.

춤을 추는 두 사람은 잔잔한 호수를 걷는 새들처럼 부드럽고 날렵하다. 나는 순간 탱고의 의식 앞에서 그런 생각을 한다. 조금이라도 서로를 좋아하지 않는다면 절대 출 수 없는 춤. 저런 춤을 추는데 사랑에 빠지지 않을 수 있을까. 순간, 벽에 붙은 포스터의 글씨가 이렇게 읽히기 시작한다.

「사랑을 하면 마음이 엉키죠. 하지만 그대로 놔두면 돼요. 마음이 엉키면 그게 바로 사랑이죠.」

지난 가을의
낙엽들

페루에서 볼리비아 국경을 넘어 코파카바나로 가는 버스 안에서
뉴욕 맨해튼에서 왔다는 옆자리 중년 여인에게 대뜸 묻는다.
「뉴욕의 지난 가을은 어땠어요?」

그녀가 무슨 말인지 모르는 표정을 지어 보이더니 싱긋 웃으며 대답한다.
「7억, 8천 8백 91만, 9백 서른아홉 개의 양말 같은 낙엽들이
모두 자기 짝을 찾고 있는 것처럼 뒹굴고 뒹굴었어요.」

이야기. 열셋.

우리가 지금은 넘어져도

성탄일에 크로아티아의 두브로브니크에 있었다. 성탄이라 모든 숙소가 문을 닫아 막막했으나 눈부시게 아름다운 겨울임은 분명했다. 눈이 아닌 비까지 추적추적 내리는 성탄이었지만 그만큼의 고요를 목격하는 일도 오랜만이어서 감동적이기까지 했다. 적막하고 쓸쓸했지만 어쩔 수 없는 것은 어쩔 수 없는 것.

그날, 하필이면 성탄일에 경사진 좁은 골목길을 내려오다가 빗길에 미끄러져서 엉덩방아를 찧고 말았다. 그냥 엉덩방아를 찧은 정도가 아니라 어떻게 넘어진 것인지 손가락 세 개의 등이 심하게 찢어져 세 손가락 모두에서 피가 새고 있었다. 더욱 심각했던 것은 오른손에 들고 있던 카메라가 입은 충격이었는데 카메라가 얼마나 엄청난 충격으로 돌계단에 내꽂혔던지 그 소리에 할아버지가 문을 열고 집 밖에 나와 무슨 일인지 쳐다볼 정도였다. 카메라도 아랫도리를 심하게 긁히는 상처를 입었다. 하지만 당장은 손가락이 그 모양이어서 카메라의 상태를 점검해 볼 수도 없는 상태. 나중에 생각해보니 그나마 카메라를 지키겠다는 생각으로 카메라를 감싸고 넘어지느라 손가락이 그렇게 된 것.

장갑이라도 있었으면. 추적추적 내리는 빗속에 피가 솟는 손가락을 그대로 노출시켜야 하는 상태였지만 그대로 돌아다니기로 한다. 여기는 다른 곳도 아닌 크로아티아의 두브로브니크라고 하지 않던가.

비바람을 피할 겸 성당 안으로 들어갔다. 때마침 사람들은 성탄 미사를 보고 있었다. 흘끔흘끔 나를 쳐다보는 사람들의 시선을 피해 맨 뒷자리 구석에 서서 파이프 오르간 소리와 사람들이 부르는 성가를 경청하고 있었다. 그때까지만 해도 나는 그냥 음악을 듣고 있을 뿐이었으며 성당 안의 온기를 나눠 가지는 성노였다.

그런데! 단 한 번도 들어본 적이 없는 성가를 그들 속에 섞여 함께 따라 부르고 있는 것이 아닌가. 비록 멜로디뿐이었지만, 난 이미 내가 오래전부터 알고 있던 성가였던 것처럼 완벽하게도 성가의 멜로디를 따라 부르고 있었다. 오, 이런! 내게도 이런 식으로 성령이 임하시나니.

그날 저녁 어렵사리 구한 스카치테이프와 화장지로 아픈 상처를 감고 견
딜 수 있었던 것도 다 성탄이 주는 분위기 때문은 아니었을까 싶다.

다음 날, 크로아티아의 두브로브니크를 떠나 국경을 넘어 보스니아–헤르
체고비나의 모스타르에 도착했다. 겨우 약국을 찾아 연고와 밴드를 사서
바르고 붙이면서도 그래도 머리가 깨지지 않았으니 얼마나 다행이냐며 스
스로를 위로하고 있을 때였다.

신발가게 앞이었다. 언뜻 봐도 부부로 보이는 남녀가 신발가게 앞에 서서
가게 앞에 내놓은 남자의 신발을 보고 있었는데, 건강해 보이는 여자에 비
해 남자는 양쪽 두 눈과 양손이 없었다. 흡! 남자는 손이 잘려나간 두 손목
으로 여자가 건네주는 구두의 구두코를 쓰다듬으며 살피고 있었다. 여자
는 말로 구두의 색깔이나 생김새를 설명하는 것 같았다. 남자의 구두를 사
러 나온 것 같았다.

그 아찔한 풍경 앞에 손가락의 쓰라림은 휘발되었다. 지금 너덜너덜해진 손가락의 통증쯤이야 그의 고통에 비하면 가볍고 또 가벼웠다.

모스타르는 내전의 상처로 인해 지금도 총알이 박힌 자국을 어느 곳에서나 볼 수 있는 도시이다. 내전 당시 분계지역에 지뢰를 묻기도 했다는데 그렇다면 저 사내는 지뢰를 끌어안은 것일까.

그렇게 오래 서서 그 풍경을 이해하려고 내 모든 감각을 동원했지만 가슴 한 가운데 묘한 화학반응만 남을 뿐이었다. 나는 이 해독 불가능한 풍경들을 내 눈으로 내 심장으로 증명하고 판독하기 위해 당분간은 여전히 어딘가를 더 떠돌아야 할 것인가.

손가락에 힘을 줘보니 겨우 움직이기 시작했으나 장갑이라도 사서 끼고 싶다는 간절한 생각 따윈 더 이상 들지 않았다.

햇빛 비치는 길

햇빛 비치는 길을 걷는 것과 그늘진 길을 걷는 것,
어느 길을 좋아하지?
내가 한 사랑이 그랬다.
햇빛 비치는 길과 그늘진 길. 늘, 두 길 가운데
어느 길을 걸을까 망설이고 또 힘들어했다.
공존할 수 있다고 생각하지 못했다.
두 길 다 사랑은 사랑이었는데, 두 길 다 내 길이었는데
왜 그걸 두고 다른 한쪽 눈치를 보면서 미안해하고 안절부절못했을까?

지금 당장 먹고 싶은 것이 레몬인지 오렌지인지 그걸 모르겠을 때
맛이 조금 아쉬운데
소금을 넣어야 할지 설탕을 넣어야 할지 모르겠을 때
어젠 그게 분명히 좋았는데, 오늘은 그게 정말로 까닭 없이 싫을 때
기껏 잘 다려놓기까지 한 옷을,
빨랫감이라고 생각하고 세탁기에 넣고 빨고 있을 때

이렇게 손을 쓰려야 쓸 수 없는
난감한 상황이 오면 떠나는 거다.

멀리

가야지요.

차곡차곡 쌓은 환상을 넘겨보려면……

가야지요.

때론 그것들이 조용히 허물어지는 것도 봐야죠.

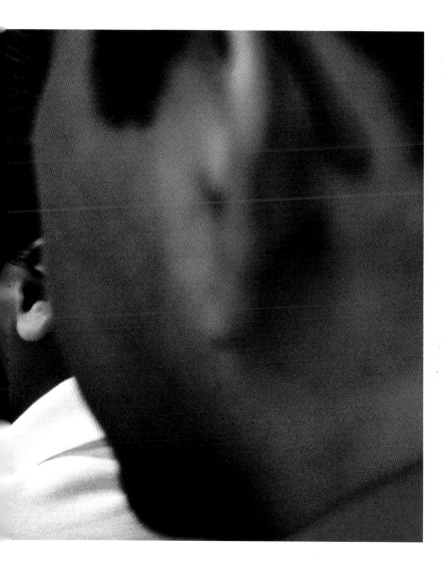

이야기. 열여섯.
함께

남자 둘이서 간 여행이었다.

혼자 여행을 가려고 한 나는 친구를 만나는 자리에서 여행 계획을 얘기했고

그럴 의사가 없다는 걸 잘 알면서도 친구는 나에게

'따라가도 되겠냐'는 제안을 해왔다.

나는 그의 '따라가도 되겠냐'는 제안에 불행이다 싶기도 했지만

같이 가도 되겠냐는 제안에 또 한편으로는 다행이다 싶기도 했다.

둘 다 '혼자가 아니라는 사실' 때문에.

그래서 그 두 사람은 멀리로, 아주 멀리로 날아갔다.

노르웨이 오슬로.

두 사람에겐 말이 없다는 게 문제였다.

난 혼자 하는 여행에 익숙해 있어서였지만 친구는 왜 그랬는지 잘 모르겠다.

말이 없다는 것이 무슨 문제가 될까 싶겠지만

그건 우리가 불편하다는 사실 그대로를 증명하고 있는 거였고

그랬음에도 불구하고 여전히 철저히 둘은 말하지 않았다.

정말, 비참할 정도로, 징그러울 정도로 말을 하지 않았다.

그 두 남자의 여행 방식은 그런 거였다.

기차를 타고 베르겐으로 이동한 두 사람은

항구 주변에 숙소를 정하고 매일매일 산책하는 일로 시간을 때웠다.

둘이서, 혹은 혼자서의 산책.

그러던 어느 날, 그래도 되겠다 싶은 순간이 찾아온 거였다.

나는 친구에게 「나, 나갔다 올게.」라는 말조차 하기 싫어서

혼자서 나갔다 돌아오고 나갔다 돌아오고를 반복.

같이 여행을 하는 대신, 친구는 방해받지 않겠다는
최소한의 내 고집을 존중해주는 듯했다.
내가 나갔다 오면 나를 방해하지 않겠다는 생각 때문인지
친구도 슬며시 나갔다 돌아오고 나갔다 돌아오고를 반복.
하지만 나는 소리 없이 나가는 친구가 도대체 어딜 가는지
궁금해서 견딜 수 없는 순간이 되었다. 친구 몰래 뒤를 밟았다.
근데 매일 혼자서, 그렇게 친구가 다니는 길은 나하고 똑같은 길이었다.
호수에 노니는 물새들에게 눈길을 주고,
내가 앉곤 하던 벤치에 앉아 담배를 피우고,
목공예 가구를 만드는 상점 앞에서 안을 들여다보고,
천막 꽃집 점원이랑 눈인사를 하고 걸었다 멈춰 섰다의 반복.
비록 뒷모습이지만 그 모든 게 똑같다는 사실에 문득 나도 모르게 목이 메어왔다.
뭔가 빠진 듯 허전하고 익숙하지 않던 여행에서
가슴속의 독이 빠져나가는 걸 느꼈다.
측은하지만 대견하고, 쓸쓸하지만 듬직한 뒷모습.
나도 저런 뒷모습을 가졌을까. 저건 내 모습이기도 한 걸까.
뒤따르기를 그만 둔 나는 그에게 다가가 애써 말을 붙이기 시작했다.
뭘 먹이려 했고 어디든 같이 가자 했고 지난 시간들을 얘기하려 애썼다.
그의 뒷모습은 나 혼자 감당하기 힘든 내 자신이기도 해서
난 모든 걸 해제하고 혼자이길 원했던 고집을 포기하지 않을 수 없었다.
나도 한번 따라가보고 싶다.
살아가는 길을, 내 뒷모습 모두를……

푸에르토리코에서
온 페르난도

음식을 못하거나 아예 음식 만들기 자체를 싫어하는 엄마와 통조림은 잘 어울린다.

17년 동안 엄마가 만들어준 음식에 대한 기억보다 통조림 따는 소리와 통조림에서 쏟아져 나오는 음식들에 대한 기억이 전부인 한 소년은 엄마가 자신을 사랑하지 않는다고 생각한다.

사실 엄마는 그냥 여느 엄마들하고 다르지 않은 엄마였는지도 모른다. 사랑에 있어서만큼은 더 그랬는지도 모른다.

하지만 통조림 음식만을 먹어온 이 소년은 조금 큰 소년이 되어 이렇게 생각한다.

「그래도 괜찮아. 엄마는 나를 사랑하지 않을지 몰라도 나는 엄마를 사랑하니까……」

그때부터 소년은 직접 장을 보고 요리를 하고 엄마를 식탁에 앉힌다.

「엄마, 맛이 어때요?」 매일매일 음식을 만들어놓고 엄마에게 묻는다.

하지만 엄마는 그저 다른 평범한 사람들처럼 맛을 잘 느끼지 못하는 상태의 사람이었다.

「맛있다.」 그냥 무표정한 대답뿐이었다.

사실 소년은 엄마한테 정말 맛있다는 칭찬을 듣고 싶었고, 「정말 이 음식이 맛있다면 엄마도 나에게 이런 사랑을 베풀어주세요.」 하고 조금 대들고 싶었는지도 모른다. 하지만 어쩌겠는가. 요리를 못하는 것이 아빠와 헤어지게 된 이유 가운데 하나일지라도 사랑이 없는 사람이 아니라 맛을 못 느끼는 사람인걸.

소년은 요리를 멈추지 않는다. 엄마가 맛을 느끼고, 혀의 감각을 찾을 때까지 요리를 하겠다고 맘을 먹는다.

그러기를 몇 년. 자신이 통조림을 먹고 자란 세월만큼의 시간이 다시 흘렀을 때, 이 소년은 고급 식당의 요리사로 자리를 잡는다.

엄마로부터 세상에서 음식을 제일 잘 만드는 사람이라는 인정을 받은 것은 물론 식당을 찾는 사람들한테도 역시 절대적인 평가를 받는다.

사랑받지 못한다고 믿은 열등감이 이렇게 큰 변화를 가져다준 것.

열등감이 사람을 더 사람답게 만든 경우.

「그래서 엄마는 혀의 감각을 완전히 찾은 거야?」

나의 물음에 푸에르토리코에서 날아온 친구 페르난도는 대답한다.

「혀의 감각을 찾을 무렵 엄마에게는 남자 친구가 생겼지.

난 그 후로 바쁘게 지내는 엄마와 식사를 해본 적이 없어서 여태 그걸 못 물어봤네.」

눈사람 아이

폭설이었어.
서울에서 센다이 공항으로 출발한 비행기가 착륙하지 못하고
하늘 위를 맴돌고 있다고 했어.
활주로에 몇 대의 큰 제설차와 수십 명의 사람들이 동원되었지만
그 차도 사람들조차도 묻힐 것처럼 눈이 내렸어.

그 비행기가 착륙할 수 없다는 건 내가 비행기를 탈 수 없다는 것.
돌아갈 수 없다는 것.
하루 더 묵어야 할지도 모른다는 불안이 점점 엄습해올 즈음,
센다이 공항에 착륙을 시도하던 항공기가 도쿄로 가야한다는 안내방송이
들려왔어. 대기 중인 승객들은 아무도 믿지 않으려 했겠지만
일본 열도 동쪽의 모든 도시에선 지금 현재 폭설이 내리고 있다고 했어.
사람들이 우르르 다시 짐들을 찾아 센다이 시내로 향하는 버스를 탔고
그 안에서 널 봤어.
굉장히 추워 보였던 너는 껌 하나를 꺼내더니 신경질적으로 씹으면서
만화책을 읽기 시작했어.
내가 너의 옆모습을 가만 보고 있는데 넌 갑자기 만화책에서
시선도 떼지 않은 채, 나한테 불쑥 껌 하나를 내밀었지.
난 그 껌을 받아들고 눈인사를 하고, 난 다시 온통 새하얀 창밖을
바라봤던 것 같은데 어디까지 가냐고 물었어.

넌 센다이가 처음이냐고 물었고 난 대답 대신
지금 막 도착한 비행기에서 내렸는데 난 센다이가 처음이고
시내를 돌아다녀야 하는데 막막하고……
내 머릿속은, 그런 식의 내가 해야 할 거짓말들로 분주해지기 시작했지.

하지만 넌 다 알고 있었어. 눈 때문에 오늘은 어떤 비행기도 착륙하지 못했고,
그 어떤 비행기도 이륙하지 못했다는 걸.
넌 친구를 마중 나왔는데 탑승자 명단을 확인했더니
아예 친구는 비행기를 타지 않았다고 했고
친구가 탔을 거라 생각했던 비행기조차 나고야로 회항했다고 말했어.
넌 그 친구를 아주 좋아하는 것 같았고
난 이상하게 그 한 번도 본 적 없는 친구를 슬쩍 질투했지.
그래, 넌 네가 좋아하는 모든 걸 말해버리는 순간,
누구나 그 대상을 질투하게 만들어버리는 이상한 매력을 가진 아이였지.

저녁에 뭐 할 거냐고 네가 물었어. 난 갑자기 환해진 얼굴을 하고
백화점 지하 식품매장에 가서 샌드위치나 사 먹든가
서점 같은 델 가서 시간을 죽이겠다고 했더니 시간을 내어, 나를 만나줬어.

넌 눈이 좋다고 했어. 눈이 매일 저렇게 내린다면 눈이 지겨울 것만 같은데
자긴 어렸을 때부터 한 번도 눈이 싫어본 적도, 귀찮아본 적도 없다고 했어.
너와 우동집에서 우동을 먹는 내내 난 돌아갈 날짜를 늦출까 생각했어.
만약 내일도 미친 듯이 눈이 내려 내가 돌아갈 수 없는 상황이 됐으면 하고
바랐어.
물론 말은 안 했지만 이 모든 게, 이상한 너 때문이었어. 아주 이상한…….

우동집 창밖으로 누군가 우체통에 기대어 세워놓은 자전거는
형체를 알아볼 수 없을 정도로 많은 눈에 덮여 있었는데
그 모습이 마치 익룡 같았어.
익룡은 내일이면 나를 태워 집으로 데려가줄 것처럼
커다란 양쪽 날개를 과시해 보였어.
내가 김이 서린 창문에 말도 안 되는 그림 낙서를 하는 동안
창 바깥으로 나간 너는 안을 향해 뭐라고 얘기하는 것 같았어.
난 소리가 들리지 않았지만 마치, 네가 이렇게 말하는 거 같았어.
「만약 니가 떠나면…… 넌 분명히 이 시간들을 미치도록 후회하게 될 거야.」

그래, 난 후회하지 않기 위해 돌아갈 날짜가 언제쯤이면 좋을지
손가락을 쭉 펴서 세기 시작했어.

사랑해라

사랑해라. 시간이 없다.

사랑을 자꾸 벽에다가 걸어두지만 말고 만지고, 입고 그리고 얼굴에 문대라.

사랑은 기다려주지 않으며,

내릴 곳을 몰라 종점까지 가게 된다 할지라도 아무 보상이 없으며

오히려 핑계를 준비하는 당신에게 책임을 물을 것이다.

사랑해라. 정각에 도착한 그 사랑에 늦으면 안 된다.

사랑은 그런 의미에서 기차다.

함께 타지 않으면 같은 풍경을 나란히 볼 수 없는 것.

나란히 표를 끊지 않으면 따로 앉을 수밖에 없는 것.

서로 마음을 확인하지 않았다면 같은 역에 내릴 수도 없는 것.

그 후로 영원히 영영 어긋나고 마는 것.

만약 당신이 그리 할 수만 있다면 세상을 이해하는 법을,

우주를 바라보는 방법을 익히게 될 것이다.

그러다 어쩌면, 세상을 껴안다가 문득 그를 껴안고,

당신 자신을 껴안는 착각이 들기도 할 것이다.

그 기분에 울컥해지기도 할 것이다.

그렇게 사랑은 아무 준비가 돼 있지 않은 당신에게 많은 걸 쏟아놓을 것이다.

한 사람과 한 사람이 만나 세상을 원하는 색으로 물들이는 기적을

당신은 두 눈으로 확인하게 되는 것이다.

동전을 듬뿍 넣었는데 아무것도 나오지 않는다 해도 당신 사랑이다.
너무 아끼는 책을 보며 넘기다가,
그만 책장이 찢어져 난감한 상황이 찾아와도 그건 당신의 사랑이다.
누군가 발로 찬 축구공에 맑은 하늘이 쨍 하고 깨져버린다 해도,
새로 산 옷에서 상표를 떼어내다가 옷 한 귀퉁이가 찢어져버린다 해도
그럴 리 없겠지만 사랑으로 인해 다 휩쓸려 잃는다 해도 당신 사랑이다.
내 것이라는데, 내가 가질 수 있는 것이라는데
다 걸지 않을 이유가 어디 있겠는가.

무엇 때문에 난 사랑하지 못하는가, 하고 함부로 생각하지 마라.
그건 당신이 사랑을 '누구나, 언제나 하는 흔한 것' 가운데 하나라고
믿고 있기 때문이다.
왜 나는, 잘하는 것 하나 없으면서 사랑조차도 못하는가,
하고 자신을 못마땅해하지 마라.
그건 당신이 사랑을 의무라고 생각하기 때문이다.
사랑은 흔한 것도 의무도 아닌 바로 당신, 자신이다.

사랑해라, 그렇지 않으면 지금까지 잃어온 것보다
더 많은 것을 잃게 될 것이다.
사랑해라, 사랑하고 있을 때만 당신은 비로소 당신이며,
아름다운 유일한 한 사람이다.

다음 사람을
위하여

베니스에서 한 달 정도를 산 적이 있다. 몇 번 찾은 적 있는 베니스에 중독되어 다시 베니스를 찾았을 땐, 호텔이 아닌 집을 빌리기로 맘을 먹었다. 늦은 밤 베니스에 도착해 집주인이 열쇠를 맡겨 두었다는 카페를 찾아갔다. 내가 한 달 동안 묵어야 할 집은 카페에서 몇 걸음 떨어져 있는 곳이었다. 카페 주인은 내 이름을 확인하더니 열쇠를 내주었다.

어두운 방의 불을 켜고 가방을 문 안쪽에 들여 놓고 사방을 둘러 볼 때였다. 작은 탁자 위에 정성스럽게 포장된 뭔가가 올려져 있었다. 순간 내가 집을 잘못 찾아왔을지도 모르겠다는 생각.

메모지에는 달랑 '다음 사람을 위하여'라고 적혀 있었다.

따뜻한 물로 목욕을 하고 잠을 청했다. 그리고 다음 날 아침이 되어 산책을 하는 길에 우유 한 병과 공책 한 권을 사가지고 집으로 돌아왔을 때, 누군가 문틈으로 밀어 넣은 한 장의 메모를 발견했다.

— 좋은 아침입니다. 매일 아침, 나는 어제 열쇠를 맡긴 카페에 앉아 신문을 봅니다. 이 메모를 본다면 오늘이나 내일, 들러줄래요? 집 주인.

나는 카페로 달려갔다. 한 달 동안 머물게 될 집의 주인이었으므로 만날 이유는 분명했다. 악수를 하고 앉았다. 긴 시간 동안 비행을 한 이야기와 새벽에 일찍 잠에서 깨어나 잠을 뒤척였다는 이야기를 나눴다.

주인은 대뜸, 나에게 무슨 선물을 받았느냐고 했다. 선물? 마침 나도 그것에 대해서 물어볼 참이었다. 나는 그것이 선물이라면 그 선물이 어떤 의미냐고 물었다.

수년 전부터 주인은 여행객들에게 집을 빌려주고 있는데 세 번째인가 네 번째인가 그 집에 머물던 사람이 이 집에 머물게 될 다음 사람에게 선물하나와 이런 편지를 써 놓고 떠났다고 했다.

— 몇 달 동안 머문 이 집에서 나는 많은 꿈을 꾸었습니다. 여기, 굉장한 베니스에서 말입니다. 이곳에서 당신도 나처럼 멋진 경험을 하고 떠나기를!

그 후로 사람들은 그곳에 머물렀다 떠날 때 포도주 한 병이나 비누, 손수건 한 장이나 자신이 읽던 책들을 선물로 두고 떠난다고 했다. 모르는 이로부터 받았던 선물에 감사하는 마음을 다음 사람에게 표시하고 말이다. 그 사람이 떠나고 집 청소를 하러 집에 들어간 주인은 테이블 위에 올려놓은 선물 포장을 보고 뿌듯해진다고 했다.

멋지고 아름다운 전통이라고 말했더니 주인이 자랑스럽게 웃었다. 나는 집으로 올라가 선물 포장을 뜯었다. 모르는 사람에게서 받는 선물은 묘한 두근거림을 선물했다. 수채화로 곤돌라 그림이 그려진 손바닥 크기의 '포스트 잇'이었다.

나는 커다란 베니스의 지도를 선물 받은 것처럼이나 감사했다. 이 감사가 내가 그곳을 떠나올 때도 이어질 것이고 그 다음 사람에게도, 그리고 그 다음으로 영원히 이어질 것을 생각하니 가슴이 벅찼다.

나는 그곳을 떠나오면서 다음 사람이 나처럼 굶지 않기를 바라는 마음으로 파스타 한 묶음을 올려놓고 왔다. 그리고 잊지 않고 메모지 위에다 '다음 사람을 위하여'라고 적었다.

계속해서 감사는 박자를 맞춰 감사를 부를 것이다.

아무것도 가진 게 없다고 생각하지 말자.

가진 게 없어 불행하다고 믿거나 그러지 말자.

문밖에 길들이 다 당신 것이다.

당신은 당신이 주인이었던 많은 것들을 모른 척하지는 않았던가.

떨어지는 새

새가 날아갔어. 새가 날아간 거라구.

모든 게 아무것도 아니라고 생각하는 동시에 휑하니 그냥 그 자리를 뜬 거라구.

먼지로 지은 집 따윈 까짓거 그냥 내줘도 된다고 믿었던 거야.

공들여 지은 집 따윈 누가 와서 대신 살아도 된다고 믿었던 거야.

먼지로 지은 집일지라도 먼지밖에 없을 텐데, 어디 갔다 돌아와도 기다리는 게
먼지밖에 없을 터인데 뭐 하려고 집을 지키려고 애를 쓰겠어.

연기가 되고 싶었던 거야.

자신이 연기인 줄도 모르면서 연기 흉내를 내려고 힘차게 날아올랐고

덕분에 돌아올 곳이 없어진 거야.

흩어지려고 작정했으니 그깟 되돌아오는 일이 뭐 대수였겠어.

먹이를 먹어본 지 오래되었다고 생각했을 때

먹이를 먹겠다고 지상에 내려 몸을 쉬는 게 아니라 더 날아오르는 일만 했던 거야.

날아오르는 일은 그의 전부였고 안간힘이었고

해서는 안 될 말을 끝끝내 하지 않는 인내 같은 것이었지. 섬뜩한 비행이었어.

죽기로 작정한 것일까. 살기로 작정했다면 저리 날 수 있을까.

사람들은 하늘을 올려다보며 그가 날아가는 방향을 걱정했어.

도대체 무엇 때문인가. 저, 간절한 비행이라니!

하지만 꼭 이유가 있어야 했을까.

이유가 있더라도 세상은 그 설명을 받아들일 수 있을까.

어느 한순간 새는 수직으로 떨어져 내렸어.

새는 떨어지면서 세상 단 하나뿐인 유혹만을 생각했어. 마지막이었으니까.

마지막인데 마지막 이후의 것을 생각하지 않을 존재가 세상 어디에 있을까.

이 발작적이며 동물적인 유랑을 마치고 나서

발작적이며 동물적인 유랑과 상관없는 존재로 태어나는 것.

새는 하강하면서 비명도 없었고 얼마 되지도 않아 뻣뻣해졌어.

그렇게 된 새 주변으로 한순간 큰 불길이 일어났다고 사람들은 수군거렸어.

내가 날아갔어. 내가 날아간 거라구.

끌림

파리의 어느 카페에서 우연히 만난 청년에게 직업을 물은 적이 있다.

청년은 대답하기를, 자신의 직업은 파리를 여행하는 것이라고 했다.

그는 파리 토박이였음에도 불구하고

파리를 여행하는 게 일이라고 서슴없이 말했다.

그러면 그 여행 경비는 어떻게 버느냐고 했더니 틈틈이 막노동 일을 하면서

그 수입으로 에펠 탑도 올라가고 박물관이나 미술관에도 간다고 말했다.

여행이라고 하기엔 뭣할 정도로 가는 곳엘 가고 또 가고 하는 사람.

도대체 그가 에펠 탑에 오른 횟수는 얼마이던가.

몽마르트르 언덕 꼭대기에 올라 파리를 향해 '사랑한다'고 외치고 나서

대답처럼 혼자서 고개를 끄덕인 적은 몇 번이던가.

파리는 정말 수많은 표정을 가지고 있는 게 사실이다.

빛의 세기에 따라 바람의 결에 따라 한 번 와 닿았던 인상이 전부 다가 아닌,

여러 얼굴을 가진 도시가 바로 파리다.

수많은 표정을 매일매일 다르게 받아들이는 것,

그 일은 파리에 사는 사람들에게조차 일과가 되기도 한다.

나는 그 청년을 우연히 바스티유 광장 근처에서 마주친 적 있는데
내가 먼저 알아보고는 반가워 악수를 청했다.
분수에 고인 물로 손을 씻고 있던 그가 얼른 바지춤에다 손을 닦았다.
「여행 중이니?」
「살고 있는 중이지. 요즘 일이 없거든. 하지만 곧 떠날 거야.」
「어디로?」
「파리로!」

'아비'의 맘보[*]

너는 3월의 어느 봄날, 교실 창문을 뛰어넘어 나 있는 쪽으로 걸어온 아이.
너의 등 뒤로 쏟아진 햇빛이 너무 눈부셔서
내가 제대로 눈을 뜰 수 없을 때, 나를 툭 치고 지나가던 아이.
하지만 괜찮았어.
너의 걸음걸이, 속도, 그리고 너의 뒷모습까지도.
그 정도 신호라면, 난 충분히 받아들일 수 있을 거라 생각했지.

넌, 수업이 끝나고 쉬는 시간이면 앞으로 성큼성큼 걸어가
칠판을 지우곤 하던 아이.
아무도 시키지 않았는데, 그건 당번들이 하면 되는 거였는데
넌 칠판을 지우고 그랬었어.
아이들은 수군댔지만 난 그런 너를 싫어하지 않았지.
아니…… 난 그런 너를 좋아했었어.

난, 너한테 그렇게 물었지.
「너, 칠판 지우는 일 힘들면 나한테 말해. 내가 지워줄 수도 있어.」
그랬더니 넌 이렇게 말했어.
「안 힘들어. 그 많은 글씨들을 다 지우고 나면 얼마나 속이 시원한데.」
「왜, 뭐가 그렇게 답답한데?」
「그냥 다…… 그냥 다…….」
아프지 마.
아프더라도 10분만 세게 아프고 말아.
네가 그 아픔을 남에게 전가하려 든다면 그 사람도 아플 거거든.
그가 조금도 아프지 않을 거라 생각하고 자기 아픔을 다 쏟아놓지는 마.
애초 없던 그 사람 아픔은 숨이 막혀 곱절이 돼버리거든.

그래서 넌 지금 그곳에 없구나.
눈 마주치는 일조차 미안한 일이 될까봐 어느 먼 곳,
아무도 없는 역에 내려 '난닝구' 바람으로
혼자 맘보를 추고 있는지도 모르겠구나.
춤을 추어도 혼자는 추지 말고 아픔과 함께 추어라.
대신 얼마나 힘이 됐는지 아픔은 모르게 하라.

* 영화 『아비정전』에는 극중 '아비'로 분한 배우 장국영이 러닝셔츠를 입고 맘보를 추는 장면이 나온다.

이야기. 스물넷.
나는 간다

거대한 어항 같은 도시 안에서 물기 없는 호흡을 하고 있을 때, 누구에게
도 발설해서는 안 되는 이야기를 공유하고 싶지 않은 누군가와 떠들고 있
을 때, 문득 나를 에워싸고 있는 많은 것들을 놓고 싶을 때, 깊은 밤 잠에
서 깨어 통장 잔액 확인을 하고 있을 때, 죽집에 들어가 죽 한 그릇 시켜놓
고 기다리다 주인이 가져다준 신문 첫 장을 외면하고 싶을 때, 허파로 숨
을 쉬어야 하는 고래가 아플 적에 친구 고래가 아픈 고래를 수면까지 밀어
올려서 숨을 쉬게 해준다는 얘길 들었을 때, 웅크린 채로 먼 길 가는 달팽
이의 축축한 행로를 지켜보고 있을 때, 아무도 없는 밤바다에 알몸을 담그
고 누워도 마음에 와 닿는 것이 없을 때, 어쩌면 이 세상은 남자와 여자뿐
일지도 모른다는 억지스러운 논리와 세상 모든 이야기가 남자와 여자에
관한 이야기일 뿐일지도 모른다는 사실에 어쩔 수 없이 동의해야 할 때,

기다리는 것이 희망인 줄 정확히 알면서도 희망이 도착하기도 전에 지쳐
버리는 군중들 속에서도, 한낮인데도 한 치 앞도 분간할 수 없는 어둠이
찾아왔을 때, 그렇게 한낮이 무거웠을 때, 달큼한 바람이 불고 몸이 뜨거
워지고 그래서 눈을 감고 싶을 때, 뭔가 가득 채워놓은 것이 쓰러져 엎어
졌을 때, 이사 후, 아무렇게나 기대 놓은 그림을 누군가가 말을 해줘서야
바로잡고 있을 때, 정이 들어버려서 마음이 통해버려서 달빛 아래 각자 다
른 길로 헤어지고 싶지 않을 때, 뭔가 이유가 분명하지 않은 짐을 꾸리고
멍하니 앉아 있을 때, 그렇게 그렇게 한없이 한없이 걸어나갔다가 다시는
몸을 돌이키고 싶지 않을 때, 문득 뚜렷한 이유도 대상도 없이 무작정 고
마울 때, 보름달 주기를 따라 피었다 졌다를 반복하던 마당의 꽃들이 어느
순간 돌아가야 할 때가 됐다고 말할 때, 다시 또 누군가를 영영 볼 수 없을
것 같을 때.

이야기.스물다섯.

사랑의 역사

배가 도착했다. 아주 먼 곳에서 출발한 배였으므로 짐을 가득 싣고 있었다. 아마 그렇게 많은 짐을 실은 배는 일찍이 없었을 것이다. 아마도 그렇게 오랫동안 육지에 닿은 적이 없던 배는 없었을 것이다. 아무도 그 배를 환영하지 않았지만 이 낯설고 허망한 곳으로 흘러 들어온 배는 도착을 알렸다.

나는 그곳에서 당신을 만났다. 당신을 만난 건 그곳에 당신이 있기 때문이었다. 돌아보면 당신은 표현이 많은 사람이었다. 표현을 아끼지 않는 사람이었다. 당신은 명백한 사람이기도 했다.

내가 트렁크 가득 꽃들을 선물했을 때 그 꽃들을 심고 그 꽃들이 잘 자라나지 않자 그것을 뽑아버린 다음, 다른 꽃을 심었으니까. 감정을 선명하게 표현할 줄 아는 사람은 태어나길 잘 태어난 사람이다. 때로 그 명백한 표현들은 몇 줄의 시보다 아름답다.

당신은 실온의 사람이었다. 냉장고에 넣었다가 나온 것 같은 차가운 사람도, 급하게 전자레인지로 돌려져 따뜻해진 사람도 아니었다. 당신은 키가 큰 사람이었다. 그것은 마음의 키였다.

또 당신은 좋아하는 게 많아 넘치는 사람이었다.

내가 싫어하는 것들을 덮어주려 당신은 좋아하는 것들을 점점 늘리는 것 같았다. 무엇보다 술의 향기를 마실 줄도 아는 사람이었다.

「술을 마시면 왜 기분이 좋아지면서 솔직해지는지 알아요? 그건 바보가 되기 때문이에요.」

내 말에 당신은 한 번도 그렇게 생각해 본 적 없지만 사실은 자신도 그래왔던 것 같다며 웃었다. 당신은 줄 것도 많은 사람이었다. 내게 없는 것들을 당신이 가지고 있다고 생각했던 사람, 그 자체가 불운이었지만 내게 그런 사람은 처음이었으므로 매일 밤 집으로 돌아와 당신을 그렸다.

사랑은 영원할 거라고 믿는 사람이었다. 그에 비해 사랑은 영원하지 않을 거라고 생각하는 편인 나였지만 나의 그런 생각도 나쁘지 않다고 말했다. 무엇보다 당신은 내 옆에 있고자 했던 사람이었다. 당신의 습관은 서로 묶어 놓은 줄을 툭 건드려 보는 것이었으며 나의 습관은 그럴 때마다 그 줄을 내 앞으로 잡아당겨보는 일. 그러면서도 서로 팽팽해지기만은 원하지 않았던 의지 혹은 습관.

2.

어느 화려한 자리를 빠져나와 어두운 골목길에서 시시덕거리며 감자칩을 사고 내가 '감자칩에 소금이 묻어 있지 않다면'이라는 가정을 세우다가 감자는 소금을 너무도 사랑하기 때문에 그건 절대 있을 수 없는 일이라며 둘이서 검은 길 바닥 위에 감자칩을 이어 붙여 '사랑해'라고 써놓고 도망쳤던 밤.

당신과 나는 다시 우리를 기다리는 사람들이 있는 화려한 자리로 다시 돌아가야 했으나 높은 힐을 신은 당신도 새 구두를 신은 나도 내려왔던 오르막길을 다시 오를 수는 없었던 것이다.

열 장의 그림을 완성해야 이곳에 살 수 있는 자격이 주어지지만 시작만 해 놓고 오랫동안 나는 열 번째 그림을 완성시키지 못하고 있었다.

열 번째 그림을 완성시키지 못하는 사이, 나는 당신에게 말했다.

「젠장, 예전에 우리는 무인도였대요. 그때 우리는 나 말고 다른 존재가 있다고 생각한 적도 없어서 아무도 만나지 않았고, 우리는 그렇게 혼자였대요. 그런데 혼자인 게 너무 힘이 들어서 다른 무인도하고 가까워지면 어떨까 생각했대요. 그래서 무인도는 하나씩 둘씩 가까워지고 그게 땅이 됐대요. 예전에 무인도였던 우리는 무인도를 만나 더 이상 무인도가 되지 않은 거래요.」

당신은 나의 이야기를 듣기 위해 조금 가까이 앉는 것 같았다.

「그렇게 땅을 이어 붙였고, 나눠진 하늘을 이어 붙여서 그 아래 사람들이 살기 시작했대요. 그 사람들은 사랑하기 시작했대요. 뭔가에 빨려들어 가는 것 같지만 실제로는 우리 몸에서 뭔가가 빠져나가는 그 사랑이라는 감정을 사용하고 소모하기 시작했대요.」

3.

오후 다섯 시에 마시는 보드카, 창밖의 초승달을 닮은 크루아상, 저녁식사를 끝냈다는 의미의 더블 에스프레소 한 잔. 이 모든 것이 순하게 엉킨 어느 저녁, 나는 당신을 떠나겠다는 말을 하기 위해 자작나무 길을 지나 당신의 집 문을 두드린다.

「지금보다 더 행복했던 적이 없었으므로, 지금보다 더 간절했던 적이 없었으므로 그래서, 그래서 떠나려고 합니다.」

남겨진 사람 마음이 더 아플 거라는 건 예측이며 추측일 뿐, 떠나는 사람의 마음도 아플 수 있다는 걸 난생처음 알게 되면서 빽, 울컥해진다.

배는 떠날 시간이 되었다. 싣고 왔던 모든 짐을 다시 실을 수는 없었다. 한번 내린 짐을 온전히 도로 실을 수 있기란 쉽지 않은 일. 더군다나 그 짐만이 아닌 다른 짐들이 늘어 있다는 사실. 더군다나 열 장의 그림을 완성시키지 못했으니 배에 그 그림을 실을 자격도 없다. 배가 떠난다. 떠날 시간이 되어 배는 떠나지만 그 배가 어디에 도착할지는 아무도 모른다.

나는 배가 나아가는 방향이 아닌, 내가 잠시 머물렀던 당신이라는 풍경을 향해 몸을 돌리고 서서 누구에게 하는 말인지도 모르게 중얼거린다.

「정박은 위험해. 심장이 멈추는 게 상당히 위험한 것처럼.」

사랑을 위해 사용된 이천팔백 여개의 단어, 600리터의 감정을 섞은 술, 4G의 길게 붙여 만든 노래들을 배에 싣지 않기로 하면서 또 이렇게 중얼거린다.

「누구에게나 아름다운 시간은 있어. 당신에게도 나에게도, 새에게도, 나무에게도 누구에게나 아름다운 시간은 있는 법이지. 기억하고, 추억하고, 감싸 안는 일, 그래서 힘이 되고 기운이 되고 빛이 되는 일. 손에서 놓친 줄만 알았는데 잘 감췄다고 믿었는데 가슴에 다시 잡히고 마는… 그것만으로도 충분히 아름다운 시간이어서 온 몸에 레몬즙이 퍼지는 것 같은……」

511 W 22ND STREET, NEW YORK

차마 이별하기에 그 길엔 사람이 너무 많았던가.

그 길은 너무 밝지 않았던가.

비 온 뒤라 길이 질척이지는 않았던가.

어려운 길이었던가.

잊지 못할 길이었는가.

내가 먼저 발걸음을 뗀 길이었는가.

당신이 그 길 위에 서서 오래 내 뒷모습을 바라보고 섰던 길이었던가.

코끝으로 작약꽃 향이 아스라이 스치고 지나갔던가.

아니 그냥 향수였던가.

아니면 나무 타는 냄새였던가.

정녕 안녕이라고 말한 길이었던가.

한데 왜 나는 그 길 위에 다시 서서 당신을 부르는 걸까.

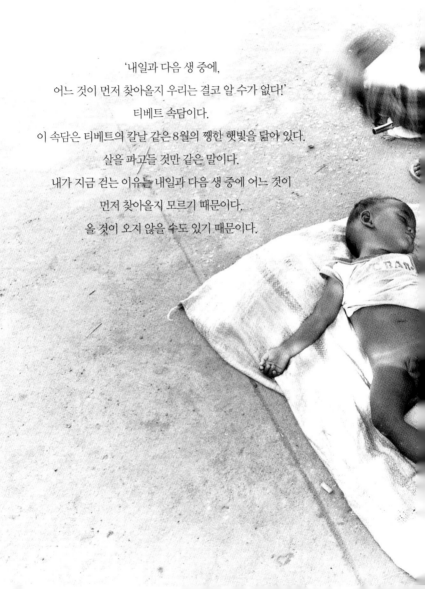

내일과
다음 생 가운데

'내일과 다음 생 중에,

어느 것이 먼저 찾아올지 우리는 결코 알 수가 없다!'

티베트 속담이다.

이 속담은 티베트의 칼날 같은 8월의 쨍한 햇빛을 닮아 있다.

살을 파고들 것만 같은 말이다.

내가 지금 걷는 이유는 내일과 다음 생 중에 어느 것이

먼저 찾아올지 모르기 때문이다.

올 것이 오지 않을 수도 있기 때문이다.

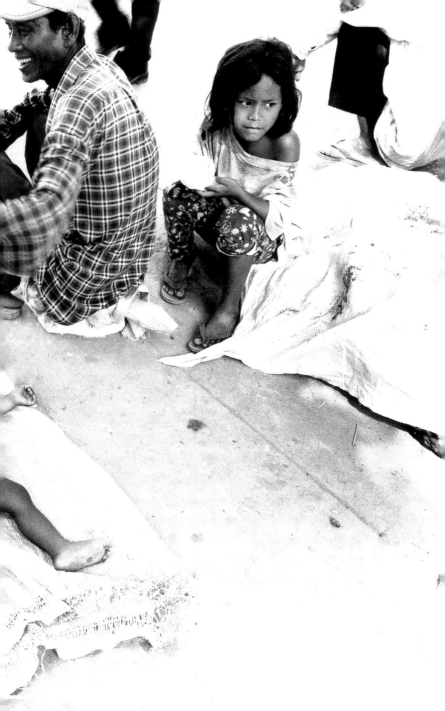

소파에 눕다,
구르다,
끄적이다

공간

파리의 전철역과 혼자 사는 여인의 아파트.

등장인물

남자

대략 27세. 말을 못하는 장애를 가지고 있으며

아주 어려서 한국을 떠나 프랑스로 입양되었다.

여자

나이를 알 수 없는 여인.

느낌으로는 30세 정도로 보이는 앞을 보지 못하는 장애를 가진 프랑스 여자.

Scene 1
지하철 플랫폼

벽에 포스터를 붙이고 있는 남자.

지하철 한 대가 와서 멎으며 사람들을 풀어놓고 다시 떠난다.

한 맹인 여자가 지팡이를 짚고 더듬더듬 남자 옆을 지나간다.

똑깍, 똑깍— 지하 공간을 울려대는 맹인 여자의 지팡이 소리.

이때, 저쪽에서 주인(사내)과 함께 의자에 앉아 있던 큰 개 한 마리가

맹인 여자의 지팡이 소리에 귀를 쫑긋거리다 민감하게 반응하기 시작한다.

컹컹거리며 짖기 시작하는 개. 짖는 소리가 점점 사나워진다.

움찔하며 걸음을 멈추는 여자, 다시 걷는다. 계속되는 지팡이 소리.

지팡이 소리에 더욱 흥분하는 개,

주인의 품을 헤치고 나와 맹인 여자에게 달려가 여자의 치마를 물어뜯는다.

사정없이 찢기는 여자의 치마, 당황해하며 철퍼덕 바닥에 주저앉는 맹인 여자.

이때, 느릿느릿 걸어가 개를 말리는 껄렁껄렁한 개 주인.

이를 지켜보던 남자가 자신의 셔츠를 벗어 맹인 여자의 아래를 가려준 뒤,

여자를 부축하며 일으켜 세운다. 여자는 아까부터 흐느껴 울고 있다.

대충 성의 없는 사과를 하는 개 주인,

그런 개 주인을 못마땅하다는 듯이 노려보다 개 주인의 멱살을 잡는 남자.
그러다 참겠다는 듯 손을 놓고,
바닥에 떨어져 있는 여자의 지팡이를 찾아 손에 쥐여주는 남자.

여자 _ 고맙습니다. 제가 당황을 해서…….
길을 모르겠어요. 매일 다니던 길인데……(공간을 감지하기 위해 두리번거린다.)
출구가 지금 제 정면에 있나요?

말을 알아듣지 못해, 대꾸하지 못하는 남자.

여자의 집

문이 열리며 맹인 여자를 데리고 들어오는 남자의 모습이 보인다.
맹인 여자의 허리에 감겨 있는 남자의 셔츠. 대충 자리를 찾아 앉고는
한숨을 몰아쉬는 여자와 멍청히 서서 방 안을 둘러보는 남자.

여자 _ 왜 아까부터 아무 말도 하질 않죠?
남자 _ …….
여자 _ 참 이상한 일이군요. 차 한잔 드시겠어요?
남자 _ …….

남자는 창가에 올려놓은 화분을 보고 있다.
식물은 마를 대로 말라비틀어 있다.

남자가 아무 대답도 없자 이상한 기분이 들기 시작하는 여자, 남자를 잘못
데려온 건 아닌가 하는 불길한 예감이 든다. 하여 한순간 얼굴에 두려움이
들어찬다. 그래도 감정을 숨기고 자리에서 일어나 더듬더듬 주전자를 찾
고 주전자에 물을 채워 가스레인지를 켠다. 그녀의 동작이 점선처럼 느릿
느릿, 더듬더듬 이어진다. 다시 찻잔을 챙겨 탁자에 앉는 여자. 그녀는 불
안을 걷어내지 못하고 있고, 남자는 탁자 위에다 성냥개비 여러 개를 이어붙
여 알파벳 글씨를 만들고 있다.

「나는 말을 하지 못합니다.」

성냥개비 글씨를 읽게 하려고 남자가 탁자 위에 올려진 여자의 손을 잡자

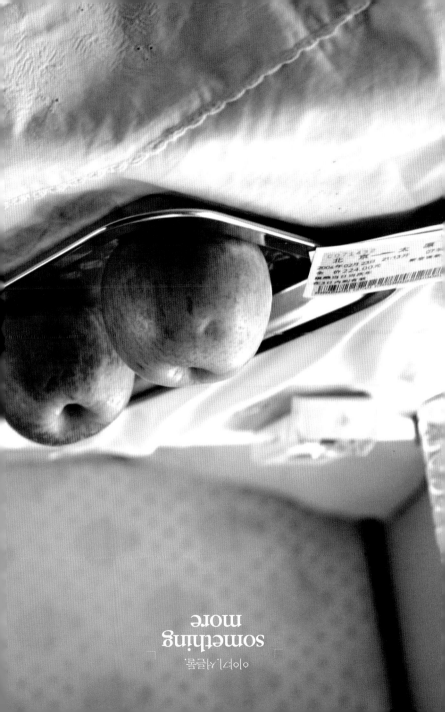

something
more

이야기, 사람들.

게다가 남쪽 지방 아스완에 갔을 때는 정신 나간 사내가 기관총을 난사해 길거리에서 여행자 네 명이 사망했다. 모든 사람들이 떠났고 아무도 길에 나다니지 않는 빈 깡통같은 그곳에 있기란 쉽지 않았다.

내일 아침, 난 어디든 간다. 단, 할 수만 있다면 이집트가 아닌 곳으로. 다음 날 새벽, 카이로행 기차를 타기 위해 역으로 나갔다. 카이로로 떠나는 첫 기차를 타기 위해 사람들이 점처럼 모여드는 아스완 역. 추운 새벽이었다. 역사 바닥에 누워 잠을 자고 있던 거지가 몹시 추운 듯 잠에서 깨어난다. 거지는 추위에 비해 턱없이 얇은 상의를 걸치고 있었다. 눈 뜨자마자 주위에 아무렇게나 버려져 있던 빵조각을 주워 입에 넣고 우물거리기 시작한다. 배가 고파 보였다. 그때 거지 옆을 지나가던 한 사내가 가던 길을 되돌아와 가지고 있던 자루의 내용물을 모조리 비우기 시작했다.

저 사람은 뭘 하려는 걸까. 주머니에서 칼 같은 것을 꺼내더니 두툼한 자루 밑동에 세 개의 구멍을 낸 다음, 빵을 우물거리고 있는 거지에게 그 구멍 난 자루를 거꾸로 해서 씌워주는 것이었다. 아! 추운 거지에게 훌륭한 옷이 선물되었다. 추위 보이는 거지를 그냥 지나칠 수 없었던 사람은 비록 소매는 없지만 따뜻한 새 옷을 입혀주었다. 아주 만족스러운 웃음을 짓는 거지. 나는 자루를 입혀준 그 사내에게 악수를 건네고 오래오래 알고 지내고 싶어진다.

난 문득, 언제인가 어느 역사에서 잠에 들기 위해 자루를 잘라 덮으려고 절반으로 나누는 두 사람을, 빵을 나누며 부스러기를 흘리지 않으려 안간힘을 쓰는 두 사람을 본 기억이 났다. 하나는 중국 광저우(廣州)에서, 하나는 모로코 카사블랑카에서였다.

누군가로부터 마음의 징표 하나를 얻었으니 거지는 오래 따뜻할 것이다. 누군가 내게 마음의 징표 하나 주었으면, 그 징표의 무게로 나 지긋이 따뜻해졌으면.

그 무렵부터 입을 다물기 시작한 택시 기사는 체스판을 들고 다니며 지나는 사람들을 불러모아 체스를 즐겼다. 그가 체스를 두는 덕분에 나는 그를 기다리는 시간이 많았다. 아까 나의 고함 때문이었는지 그는 정말 종일 아무 말도 하지 않았다.

다시 시장이었다. 시장은 아침의 기운과 다르게 더 난폭해져 있었다. 강한 저녁 햇살을 받은 야채들이, 먹을거리들이 독을 품고 있는 것처럼 누운 채 팔려나가길 거부하고 있는 듯했다. 인파에 비해 물건을 사고파는 행위는 거의 찾아보기가 힘들었다. 그제야 나는 이집트 사람들의 얼굴을 가만 들여다볼 수 있었다. 무엇이 그들을 그토록 찌들게 만든 것인지, 많은 사람들의 얼굴이 마치 분장이나 변장을 시켜놓은 것처럼 구슬퍼 보이고 억세 보였다. 패기라곤 온데간데없고 저마다 심각한 영양실조를 안고 사는 사람들처럼 구부정해 보였다.

아랍 음악이었다. 한 노인이 지팡이로 박자를 맞추며 흥얼거리며 지나가는 게 보였다. 카세트테이프를 파는 한 평 남짓한 가게였다. 건강한 여자의 구슬픈 목소리. 둥글면서도 제법 날카로운 날이 세워진 여자의 음성이 발길을 멈춰 세우고 빠져들게 했다. 가게 주인이 내 얼굴에 감도는 감동의 기운을 읽고는 카세트테이프 하나를 꺼내 주었다. 아랍어가 빼곡히 들어차 있는 케이스, 그리고 낡아 보이는 한 여자의 사진. 그녀의 이름은 움무 카르숨이었다. 카세트테이프 세 개를 사서 가방에 넣고 그나마 가벼워진 기분이 되어 다시 S의 부재를 떠올렸다. 나는 여행을 온 것인가, 아니면 S를 만나러 온 것인가. 피라미드를 보러 온 것이어도, S를 찾으러 온 것이어도 무방하다고 말해줄 술친구 하나를 사귀고 싶었다. 그리고 그 친구에게 이런 말을 듣고 싶었다.

「괜찮아. 뭐가 문제야?」

이집트에 도착한 날 밤부터 시작된 사람들의 속임수는 어딜 가나 계속되었다. 심지어 길을 물어도 제대로 길을 가르쳐주는 사람들이 없어 다섯 사람에게 물은 뒤 그 중 가장 많은 대답을 한 방향을 향해 걸어야 했다.

숙소 로비를 어슬렁거리는데 택시 기사가 와서 피라미드를 보여주겠다고 말한다. 나는 피라미드보다도 S를 찾아 놀래켜주고 싶었다. S의 주소를 보여주자 그는 이곳에서 그리 멀지 않은 곳이라고 말했다. 그가 부르는 택시 가격도 적당하고, 무엇보다도 S를 빨리 찾아야 이집트를 제대로 볼 수도 있겠다는 생각에 택시를 잡아탔다. 택시는 한참을 멈추고 또 조금을 움직이고 하더니 한참 만에 시장통을 벗어날 수 있었다. 아침 9시밖에 되지 않았는데도 시장은 마치 푸줏간에 꾀어든 파리만큼이나 몰려든 사람들로 바글바글거렸다.

S는 없었다. 하긴 편지가 도착했던 때로부터 열 달이 훨씬 지났으니 그가 없는 것이 더 자연스러운 일인지도 몰랐다. 당황하지 않았다. 그를 만나러 간 이집트행이었다면 미리 편지를 보내고 확실하게 답장을 받은 다음, 길에 올랐을 것이다. 나는 당황하지 않았지만 단지 할 일이 없다는 사실에 불안하고 초조해지기 시작했다. 나에겐 피라미드를 만나겠다는 준비가, 절실한 욕구가 없었다.

하룻밤을 지내보자고 맘을 굳힌 뒤 택시를 타고 피라미드가 있다는 '기자'로 달렸다. 택시 운전사는 계속해서 말을 시켰다. 그의 말 구석구석에는 카이로 여기저기를 구경시켜주면서 나로부터 돈을 뜯어내겠다는 의지가 코브라처럼 도사리고 있었다. 나는 그의 부산스러운 주둥이를 제지했다. 그럼에도 불구하고 그는 계속 떠들었다. 나는 소리쳤다. 당장 차를 세우라고. 그러지 않을 거면 좀 조용히 하라고.

피라미드에 도착했다. 예상대로 아무 감흥이 없었다. 한없이 건조하다는 것. 모래바람에 가끔 기침을 한다는 것 이외에 내가 피라미드 앞에 서 있다는 사실은 여전히 멀고도 아득하기만 한 그쯤이었다. 스핑크스도 마찬가지였다. 아무리 스핑크스와 눈빛을 나누려해도 내가 당최 어디에 와 있는 건지 몰랐다.

괜찮아
뭐가 문제야

1997년 어느 여름, 이집트에서 날아온 편지 한 통. 그것은 멀디먼 외국의 것으로 보이는 우표와 소인이 찍힌 팍팍해 보이는 종이봉투였다. 인도에서 함께 명상학교에 다녔던 낯익은 이름, 영국인 S. 치열이 고르다 못해 투명하기까지 해 웃음 사이로 낯선 낭만이 내비치던 친구. 터키에 출장을 갔던 나는 수첩 사이에 끼워둔 그의 편지를 꺼내들었다. 한국으로 돌아오는 비행편을 미루고 지중해를 날아 이집트로 갈 것을 결심했다.

새벽 2시가 넘어서야 카이로 시내에 도착한 나는 어렵사리 얻은 숙소에서 거의 뜬눈으로 밤을 지새울 수밖에 없었다. 벼룩 때문이었다. 침대에 올라 10분 정도 누워 있자니 몸이 근질거리기 시작했는데 도무지 께름칙해서 침대 위로 다시 올라앉고 싶은 마음이 싹 가셔버렸다. 시트를 새것으로 갈아달라고 한들 괜찮아질 것 같지 않았다. 아예 침대를 들어내고 새 침대를 사오지 않는 한 말이다. 물도 나오지 않았고(훌훌 옷을 벗고 욕실에 들어서서 수도꼭지를 돌렸지만, 그 배신감이라니!) 침대의 벼룩이 두려워 꼬박 의자에 앉아 해 뜨기를 기다렸다. 덕분에 카이로의 일출을 볼 수 있었다. 산 하나를 다 가리고도 남을 것만 같은 태양. 해가 뜨자 사람들이 하나 둘 숙소 앞으로 모여들기 시작했다. 새벽에 도착해서는 몰랐는데 해가 비치자 시장 한가운데 숙소가 자리하고 있었다는 걸 알게 되었다. 창문으로 아래를 내려다보니 기찻길이 보였고 기찻길을 따라 저 멀리 1킬로미터쯤 떨어진 곳에 기차역이 보였다.

아무튼 근데! 그 가게가 있는 2층이 밑으로 무너져 내린 거야.

2층이 통째로 꺼져 내리는 바람에 할아버지가 압사하신 거야.

너무 많은 책들을 2층으로 끌어올린 거지.

그 가게 앞을 지나다가 그 광경을 목격하는데 그만 목이 메더라.

할아버지는 어디론가 실려갔겠지만

가난한 사람들이 물건들을 모두 털어가버려서 휑해진 가게가 특히 더 그랬어.

그리고 2층에서 지상으로 쏟아져 내린,

그러니까 내장이 터져버린 것 같은 책더미 속에서

내가 읽다가 창밖으로 내던져버린 한국 잡지가 얼굴을 드러내고 있는데

그 부분에선 다리에 힘이 풀리더라.

그러니까 잘 살기 위해선 뭔가를 자꾸 버리지 않으면 안 된다는 교훈과

내가 죽더라도 아무도 목이 메게 하거나 다리에 힘이 풀리게 하면

안 되겠다는 교훈을 얻은 거야. 그 아랍 가게 할아버지로부터.

산더미

내가 파리에 살 적에 빈민가에 살던 시절이 있었어.

아랍 사람들과 흑인들이 많이 사는 곳.

허기 때문에 가게로 달려가도 아랍 가게 아니면

아프리카 상점 같은 그런 곳들뿐이었지.

깊은 밤에 두어 번 총소리를 들은 적 있고 11시 넘어서는 길가에서

은밀히 마리화나를 팔곤 하던 곳.

내가 자주 가는 아랍 가게는 식료품 가게였는데 할아버지가

아랍 음악을 크게 틀어놓고 야채며 쌀, 우유 같은 걸 팔았거든.

물론 내가 좋아하는 포도주도 팔고 통조림도 팔았지.

아무튼 난 그 할아버지한테 고향이 어디냐고 물은 적이 몇 번 있었는데

고향이 어디라고 대답하는 소리는 들은 적이 없네. 귀머거리 할아버지였어.

두꺼운 안경을 쓴 때문이었는지는 몰라도

자주 졸고 있는 것처럼 보이던. 작은 일에도 화를 잘 내시던.

아무튼 난 그 아랍 가게를 자주 갔는데 어느 날 깊은 밤,

무서운 동네의 공기를 가르며 산책을 하고 있는데 할아버지가

신문이랑 잡지들을 수레 가득 끌고 가게로 향하는 모습을 본 거야.

이상할 것도 없었지.

할아버지의 행동이 이상하다고 트집 잡으려면 끝도 없었거든.

동부 뉴욕에서 말했다.
여긴 사람을 외롭게 하네요.
그랬더니 뉴요커가 말했다.
그래요. 정말. 그래요.

대륙의 반대쪽

서부 캘리포니아에서 말했다.

여기는 아무 생각 없어지는 곳이네요.

그랬더니 서부 사람이 말했다.

바로 그거야!

깜짝 놀라 뿌리치는 여자.

여자_ 이게 무슨 짓이에요?

가슴이 답답한 남자는 날랜 몸짓으로 찻잔을 집어든 다음,
찻잔을 부딪쳐 시끄러운 소리를 내며 여자를 집중시키고, 진정시킨다.
이제 여자는 고요하다.
그녀의 손가락 하나를 들어 탁자 위에다 뭐라고 쓰기 시작하는 남자.

「나는 말을 하지 못합니다.」

자기 자리로 돌아오는 여자의 손이 파르르 떨린다.

여자_ 미안해요. 전 글씨를 몰라요. 점자밖엔……. 하지만 이제 알겠어요.
(그녀가 힘없이, 하지만 평화롭게 미소짓는다.)
아, 이 얘기조차 알아듣지 못하겠군요.

남자, 다시 여자의 손가락으로 뭐라고 글씨를 쓰기 시작한다. 남자의 움직
임대로 따라가주는 여자의 손마디. 하지만 무슨 글씨인지 여자는 모른다.

여자_ (한숨을 쉬며) 우린 참 행복하지 않은 사람들이군요.

주전자의 물이 끓는 것을 보자 가스레인지의 불을 끄고 차를 만드는 남자.
(관객은 남자의 익숙한 행동에서 혹시 그가 이 집에 살고 있는 이가 아닌가 하는 의
심이 들 정도의 어떤 익숙함을 발견하게 된다.)
탁자 위에 만들어진 두 잔의 차. 찻잔에서 피어오르는 더운 김.
그 위로 삐거덕하며 문 열리는 소리, 그리고 문 닫히는 소리.

뭔가를 갖고 싶어한다. 뭔가를 찾아서 헤맨다.

뭔가가 더 있긴 있어야 한다고 믿는다.

하지만 우리는 모를 일이다.

무엇이 더 있어야 하는 건지,

무엇 때문에 사람들을 하나씩 쓰러뜨려서라도

그걸 갖고 만지겠다는 건지를.

그것은 정확하지 않다.

그것이 정확하지 않다는 이유 때문에

우리는 이렇게라도 연명하고 있는지 모른다.

something more……

이 세상에 있겠지만 이 세상엔 없을 수도 있는 그것.

그것이 무엇이기에 이토록 자유로울 수도,

벗어날 수도 없단 말인가.

왜 이럴까

내 인생은 왜 이럴까, 라고 탓하지 마세요.

인생에 문제가 있는 게 아니라

「나는 왜 이럴까……」라고 늘, 자기 자신한테 트집을 잡는 데,

문제는 있는 거예요.

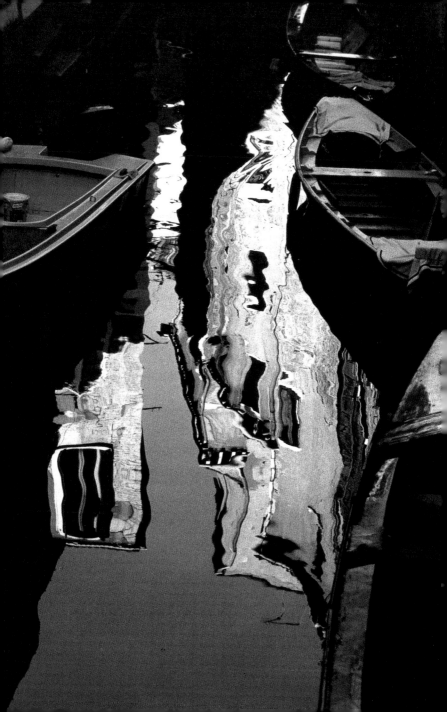

뒤

누구든 떠나는 순간이 되면 본능에 가까울 정도로 뒤를 돌아보게 된다. 뒤를 돌아보면서 거꾸로 매달려 있던 자신과, 가능하다면 한동안 품고 살았던 정신의 부산함을 그 자리에 걸어두고 떠나려 한다. 그래서 돌아본다는 것은 씁쓸한 일이 되고 수심 깊디깊은 강을 건너는 일처럼 시작하지 말아야 했을 일이 돼버린다.

나에겐 오래전 일이라 기억이 가물가물한 일이 되었지만, 동유럽의 한 사진작가의 작업이 기억 속에 고스란히 남아 있다. 그 작가는 '이사 가고 난 후의 집' 모습을 인화지에 옮기는 작업을 몇 년에 걸쳐 하고 있던 작가로 그의 작품엔 이사를 떠난 직후의 횅한, 빈방들이 등장한다. 텅 빈 침실의 바닥에 사정없이 뒹구는 먼지들, 못, 머리카락들이 보이고 미처 뜯어가지 못해 바람에 흔들리는 야릇한 색감의 커튼, 엄마가 아이 몰래 던지고 갔을 법한 솔기가 터져 솜이 삐져나오는 곰 인형. 이런 이미지들을 통해 살아 있는 것이 뒤척이는 소리를, 이사에도 적당한 고통이 따른다는 감상적 사실을, 가구를 죄다 들어낸 바닥에 긁힌 상흔들까지도 들여다보게 했던 사진들이었다. 그 사진이 매혹적일 수 있었던 긴 역시 '돌아봄' 때문이었나. 이사를 마친 텅 빈 공간을 낮은 앵글로 돌아보다, 가슴 한가운데가 자꾸 허물어져 내리는 기분 때문에 그냥 그 텅 빈 공간 안으로 걸어들어가 살림을 차리고 싶은 충동, 그랬다, 그런 매혹을 그 사진은 담고 있었다.

발걸음을 멈춰 서서 자주 뒤를 돌아다본다.

그건 내가 앞을 향하면서 봤던 풍경들하고 전혀 다른

느낌을 풍경을 얻을 수 있기 때문이다.

내가 보고 지나온 것이 저거였구나 하는 단순한 문제를 뛰어넘는다.

아예 멈춰 선 채로 멍해져서 그 자리에 주저앉는 일도 생겨버리기 때문이다.

내가 뒤돌지 않았다면 그것은 그냥 뒤로 묻힐 뿐인 것이 돼버린다.

아예 아무것도 아닌 게 돼버린다.

내가 뒤척이지 않으면, 나를 뒤집어놓지 않으면

삶의 다른 국면은 나에게 찾아와주지 않는다.

어쩌면 중요한 것들 모두는 뒤에 있는지도 모른다.

뭔가를
그곳에 두고 왔다

언젠가 이런 생각을 한 적이 있다.

어딘가 먼 곳으로 여행을 갔다가 너무나도 소중하게 생각한 걸

그만, 두고 온 거다. 도저히 포기할 수 없는 건데

과연 나는 찾으러 갈 성격인가, 아닌가 하는 생각.

여러 번 생각해봤는데, 어떤 결론에 이르게 됐느냐 하면

그게 한낱 물건이면 비행기 값도 계산해야 되고,

또 시간적인 것도 계산에 넣어야 되고······.

결국은 물건일 경우, 가지 않을 것 같단 결론에 이르게 되었다.

하지만 사람인 경우, 사람 문제인 경우엔 조금 다를 거란 생각.

아니, 조금이 아니라 많이 다를 거란 생각.

소중한 누군가를 그곳에 두고 왔다든가

내가 좋아하는 누군가가 그곳에 남아 있다면

언제건 다시 그곳을 찾게 될지도 모른다는 생각.

물론 그 사람을 데려올 수 있을지 그건 장담 못하겠지만

사람이기 때문에 그곳까지 날아갈 수 있을 거란 생각.

아마 나만 그런 생각을 하지는 않을 거란 생각.

옥수수 청년

이름만으로도 심장을 뛰게 하는 나라, 페루.

안데스 산맥 3천4백 미터에 위치해 있기 때문에 숨쉬기가 쉽지 않다는 사실과 아름다운 사람들이 살고 있다는 사실, 그 두 가지 사실 때문에 페루에 머무는 동안 내 심장은 그냥 심장이 아니라 항상 두근거리는 심장이다.

마추픽추가 있는 우르밤바 계곡으로 향하는 기차는 새벽 6시에 출발한다. 새벽 어스름이 채 걷히기도 전이지만 기차역에는 관광객들에게 뭔가를 팔기 위해 일찌감치 페루 원주민들이 나와 있었다.

그들 틈에 한 청년이 보인다. 앞에다 찐 옥수수를 담은 바구니를 놓고 있어서였다. 나는 반가운 마음이 들어 얼른 옥수수 하나를 집어 돈도 내지 않은 채 덥석 한입을 크게 베어 문다. 우리가 먹는 옥수수보다 알이 훨씬 큰 옥수수는 맛이 좋다. 옥수수 값을 치르려고 돈, 10솔을 내자 청년은 거슬러 줄 잔돈이 없단다. 하지만 나도 잔돈이 없다는 몸짓을 해보인다.

청년은 한참을 난감해하더니 그냥 가져가라며 돈을 안 받겠다고 한다. 미안한 마음이 앞서지만 난 하는 수 없이 한입 베어 문 옥수수를 들고 그냥 그 자릴 뜬다.

출발 시간이 임박하자 역에는 많은 사람들이 모여들기 시작했다. 미안한 마음 때문에 많이 불편했던 나는 지나가는 외국인에게 돈을 바꿔 줄 수 있냐고 묻는다.

그렇게 돈을 바꿔 청년이 있던 자리에 갔을 때 때마침 단속을 위해 출동한 경찰들 때문에 청년은 어디론가 사라지고 없었다.

우르밤바 계곡에 다녀오던 그날 밤, 기차역에서 다시 그 청년을 마주친다. 하루 종일 얼마를 팔지 못한 건지 청년의 바구니 속엔 거의 줄지 않은 옥수수가 그대로 담겨 있었다.

난 그 청년에게 다가가 아까 주지 못한 돈, 1솔을 내민다.

청년은 고마워했지만 나는 돌아오면서도 돈도 받지 않고 그냥 옥수수 하나를 준 그 청년에게 미안한 마음이 가시질 않는다.

구멍가게 같은 곳에 들어가 음료수 두 개를 산다. 그러고는 그중 하나를 청년에게 내밀었다.

다다음날이었다. 쿠스코를 떠나 다른 도시로 가기 위해 이른 아침 역으로 나갔다. 그날도 청년은 새벽에 쪄낸 옥수수를 놓고 역 앞에 앉아 있었다. 어제 먹어본 옥수수가 생각나 배에서 꼬르륵 소리가 났다.

나는 그 청년 앞을 지나가면서 환하게 웃는다. 청년도 나를 기억하는가 보다. 그러고는 이 아름다운 쿠스코를 떠나야 했으므로 나는 그 청년에게 손을 흔들어 보인다.

한참을 가고 있는데 저 뒤에서 누군가 나를 부르는 것 같다.

뒤를 돌아봤더니 그가 옥수수 두 개를 봉지에 담아 나에게 건넨다. 나는 그가 옥수수를 팔려는 줄로만 알았다. 바보처럼. 난 그때, 지갑을 꺼냈으니까. 하지만 청년은 두 손을 내저으며 기차에서 먹으라는 몸짓을 해보인다.

가슴 한구석이 내 손에 들린 옥수수의 온기만큼 따뜻해졌다.

내가 오래 기억해야 할 건 그 온기뿐만 아니라, 청년의 미소뿐만이 아니라 그 이상의 교감일 거라 생각한다.

앞으로 낯선 곳으로 여행을 갔을 때 제대로 말이 통하지 않을 때, 그럴 땐 똑같이 생긴 뭔가를 두 개 산 다음 그중 하나에 마음을 담아서 건네면 된다. 환하게 웃으면서 그러면 된다.

좋은 풍경

좋은 풍경 앞에서 한참 동안 머물다 가는 새가 있어.

그 새는 좋은 풍경을 가슴에 넣어두고 살다가 살다가
짝을 만나면 그 좋은 풍경이 있는 곳으로 데리고 가서
일생을 살다 살다 죽어가지.
아름답지만 조금은 슬픈 얘기.

인도에
도망 온 사람들

싫어하는 게 많은 사람이 좋아하는 것도 많을 거란 생각을 한다. 너는, 설탕과 선글라스와 개와 죽음을 싫어한다, 너는.

햇살 속에서 빛으로 반짝이다 곧 녹아 문드러질 것만 같은 것들에 대해 많은 적의를 지니고 살지만 사실 그만큼이나 너의 많은 것들도 빛난다. 잠깐이지만 아주 대견스럽게도 빛이 난다. 하지만 너의 그러한 것들까지도 사랑하지는 않는다. 여러 번 너를 들여다보다 말고, 들여다보다 말고 하던 나였지만 그것조차 쉽지 않았으므로. 너와 내가 잠시 머물던 그곳, 유난히 해가 지는 시간이 길어서 그 핑계로 네가 나를 오래 안고 있었던 그곳, 강을 차지한 사람들이 연기를 피우는지 뭔가를 익히는 건지를 분간 못하던 시간에 우리는 참으로 말하지 않았다. 움직이지도 않았다. 내가 너를 몇 번이고, 안으려 했지만 네가 나를 안는 편이 낫다고 생각했다.

사람들은 3일째 떼를 지어 거리를 지켰다. 우리는 거리에서 그 사람들과 나란히 앉기도 했다. 경찰들이 외국인으로 보이는 우리 둘만 골라내어 빠져줄 것을 원했지만 우리는 평화로이 대응했다. 대열보다 더 평화롭게 잠자코 앉아 있노라고 그렇게 미소를 지었다. 하지만 무슨 일로 시위를 하는지는 우리도 알지 못했다.

비가 내리는 날엔 네가 나의 집을 찾아왔다. 무섭다고 하면서 한 세 번쯤 나의 집을 찾아왔다. 그리고 한 번쯤 네가 나를 찾아 찻집으로 왔다. 그리고 두어 번쯤만 너를 받아들였다. 비가 오는데 왜 무섭냐고 물은 적이 있었다. 그녀는 무섭다며 많은 옷을 껴입고 있었다. 그건 무서운 게 아니라 추운 거라고 그녀에게 말했다. 그리고 내 모자를 벗어 씌워주거나 아니면 내가 그녀 옆에 나란히 앉거나, 그녀에게 따뜻한 것을 마시게 했다. 이젠 무섭지 않지? 그래도 그녀는 춥다면서, 아니 무섭다면서 허브차를 홀짝이며 마셨다.

그녀가 해주는 밥은 맛이 없었다. 하지만 인도에 머물고 있었으므로 그녀가 해주는 밥만 먹을 만했다. 그녀는 내가 준비해주는 식사를, 그릇을 덜그럭거리거나 칼로 야채를 벗기거나 하는 일들을 아주 싫어했으므로 나는 그녀 뒤에서 오래 그녀의 부산함을 바라보거나 그녀가 만들어내는 냄새들에 안심해야만 했다. 나는 밥을 먹지 않고 냄새만 먹었다. 씹지 않아도 넘어가는 냄새에 밤새도록 배가 불렀다.

성적으로 남자들을 이끄는 매력이 그녀에겐 없었다. 하지만 그녀 주위엔 늘 남자들이 끊이지 않았다. 그녀가 입은 옷이, 그녀의 허리와 가슴이, 그리고 그 이상의 것들이 남자들에게 어떻게 비치고 있는지 모르지만 많은 남자들이 그녀와 자고 싶어한다는 것만큼은 안다. 내가 맨몸으로 그녀 옆에 눕거나, 그녀가 맨몸으로 내 옆에 눕거나 하는 일들이 여러 번 반복되면 될수록 옆에 누군가가 가까이 있다는 생각보다도 내 피부가 몹시 늘어나 있거나, 내가 벗어놓은 옷들이 많은 냄새를 풍기고 있다고만 느껴질 뿐 그 이상은 아니었다. 그리고 그렇게 느낀다고 그녀에게 밀했을 때, 그녀는 나의 말에 잠깐 신경을 쓰는 듯하더니 고맙다고 말했다. 하지만 나는 희망이 없는데, 너조차도 내겐 희망이 아닌데 그 고마움이 무슨 소용 있냐고 했다. 그날, 열 몇 번째의 자살을 생각했다. 내가 자살을 행동으로 옮기게 되면 가장 가까이서 네가 나를 옷 벗겨야 한다는 사실이 부담스러웠다.

네가 찾아온 접시 옆으로 누운 칼이 번뜩였고, 그 번뜩임은 감상적으로만 나를 아는 체했고, 네 긴 머리칼이 네 목을 스쳤고, 전혀 낯간지럽지 않았고, 캡슐만 남은 마이신들이 서랍 안에서 먼지와 뒹굴고 있을 거란 상상을 했다. 그날, 나는 자살하지 않았다. 그리고 그랬으므로 그날, 그 이후의 것들이 지겨워지기 시작했다.

집 밖으로 누군가 계단을 오르내리는 소리가 자주 들려왔다. 그 소리는 내 방문 앞에 멈춰 서거나, 위층으로 계속 이어지거나 올라오다가 말곤 했다. 그래서 내가 숨을 쉬다 마는 일이 잦아졌고, 문에 바짝 기대어 인기척의 끝을 따라가는 일이 많아졌다. 창밖을 내다보는 일도 많아졌다. 언제나 창밖에는 사람들의 소음이 그치지 않았으므로 그 모든 일들이 당연한 일이기도 했으니 그만큼 내가 무료해하고 있다는 증거였다.

히로카즈는 이제 다시는 이곳에 오지 않게 될지도 모른다며 아주 난감한 얼굴로 말했다. 자신은 단 얼마밖에는 가지고 있는 게 없어서 이곳에 얼마나 있어야 하는지도 모른다고 했다. 더군다나 그는 자기 곁을 떠나버린 애인을 찾기 위해 이곳을 찾았고, 길에서 몇 번이나 마주치는 애인을 잡아 세우지도 못하는 처지였다. 그의 건강이 얼마나 나쁜지는 알 수 없지만, 이곳을 떠나는 일이 건강 때문에 염려된다고도 했다.

그러던 히로카즈가 집을 구했다. 이른 새벽에 다이내믹 명상 시간에도 나오기 시작했다. 하지만 오후가 되면 자신의 기분이 어떻게 고꾸라질지 모르는 일이라고 했다. 식당에서 그와 나는 다시 마주쳤고, 주문해놓은 죽은 건드리지도 않고 여전히 명상을 하겠다고 앉아 있는 독일인 '멍키 헤드'의 흉을 보며 식사를 했다. 이름 모를 동물들이, 먼지떨이 솔을 연상케 하는 그들이 우리 곁으로 모여들었다. 그들은 내가 나눠주는 바나나를 맘에 들어하는 눈치였다. 그날, 나의 총애를 한몸에 받던 공작(孔雀)은 늦은 잠을 자는지 식당에 나타나지 않았다.

밤새 그녀는 또 울었나 보다. 얼굴이 많이 부어 있다. 늘 울기를 잘하는 그녀는 가끔 말한다. '울고 싶다' 든가, '울었다' 든가, '울게 될 거 같다' 라든가 하는 따위의 말들을 시제를 바꿔가며 중얼거린다. 그러는 그녀를 귀찮아해본 적은 없다. 다만 같이 그 기분과 하나가 되지 못하는 내 자신이 조금은 문제라고만 생각했다. 무슨 주문처럼 달고 다니는, 그래서 과장되어 보이는 그녀의 그런 감정이 나의 맹숭맹숭한 그것에 비하면 훨씬 솔직하고 건강하게도 느껴졌다. 하지만 나는 그녀의 울음이 더 이상 누군가에게 무기로도, 장치로도 작용하지 않을 것이란 걸 알고 있었다. 그만큼 그녀의 울음은 상투적이었고 습관적이었으므로.

그녀의 생일, 나는 그녀의 생일 파티에 참석하지 못하고 짐을 싸야 했다. 사람들은 어떤 식으로든 헤어져야 했다. 그녀의 생일을 축하하기 위해 장미를 샀다. 그녀의 나이 수만큼. 스물여섯 송이의 장미는 대여섯 가지 색으로 혼합되어 있었고, 우리가 살아온 세월만큼이나 벌레도 먹고, 시들기도 하고 그랬다. 그녀는 장미를 받고도 세지 않는 눈치였다. 내가 세었으니, 됐겠지…… 하는 마음으로 그녀의 볼에 작별 키스를 했다.

사막의 노래

나에게 '할 때는 하기 싫고, 하지 않을 때는 하고 싶은 것'이 있다면 그것은 바로 사막 여행.

사하라 사막이 시작되는 곳, 튀니지의 두즈(Douz)에 도착해 몇몇 여행사에 들러 사막투어를 알아본다. 사막은 절대 혼자 들어갈 수 없는데다 혼자서는 4인 정원의 팀에 들기 어려우므로 여러 여행사에 말을 해두고 연락을 기다려야 한다. 늦은 저녁, 연락이 왔다. 각각 혼자 온 사람, 네 명이 모였으니 다음 날 새벽에 출발이 가능하단다.

사막이 시작되는 경계에는 새벽 햇살을 받은 키 작은 식물들이 꽃을 피우고 있었다. 인기척에 곤충들이 서둘러 숨은 것인지 여기저기 곤충의 작은 발자국들이 보였다.

하루 종일 끝도 없는 사막을 달리다 캠프에 도착했다. 큰 야자수 나무가 여러 그루 서 있는 오아시스를 중심으로 만들어진 캠프는 사막을 여행하는 사람들이 쉬어가는 곳이다. 국적이 저마다 다른 우리 일행은 하룻밤을 묵기 위해 벽돌 몇 개로 바람막이를 해 놓은 곳에 짐을 풀었다. 짐을 푸는 동안 어쩌면 밤 사이 모자를지도 모를 담요 몇 장을 슬쩍 챙겨놓았다.

저녁식사 시간이 되었다. 사하라 사막의 원주민들이 먹는다는 식사를 배급받기 위해 우리 일행과 몇몇 여행자들이 식당으로 모였다. 그때 화덕에서 막 구워진 따끈따끈한 빵을 나눠주고 있던 사내가 눈에 들어왔다. 이곳 캠프에서 일을 하고 있는 사내는 베르베르인 복장을 하고 있었고 말을 하지 못했다. 사내는 그을린 얼굴 가득 웃음을 띠고 모래 먼지를 뒤집어 쓴 여행자들을 맞아주고 있었다.

그가 다시 눈에 띈 건 모닥불 파티에서였다. 아무런 밤 문화가 없는 어둠뿐인 사막에서 그는 모닥불을 피운 다음 사람들을 모이게 했다. 묵묵히 자기 일을 하면서도 사람들이 제대로 즐기고 있는지 살피고 또 살폈다. 생활에 지쳐 도시에 지쳐서 사막을 찾은 사람들이 그의 세심한 배려에 감동했다. 그때 그를 보고 누군가가 이런 말을 했다.

「저 사람이 말을 할 줄 알았다면 오늘 밤, 더 재미있을 텐데!」

나는 그 말이 오래 마음에 남았다. 정말 그가 그랬더라면 베르베르인들의 사는 이야기도 듣고 '사막의 노래' 같은 것도 들을 수 있을 거였다. 그 밤, 그토록 서걱거리는 심장을 불가에 데려다 놓지 않아도 됐을 거였나.

그날 밤, 난 여러 장의 담요를 몸에 감고 밤하늘의 별을 올려다보며 가만히 생각했다. 사람이 말을 할 수 없는 것과 그 심연과 무중(霧中)에 대하여. 나는 말을 하지 않는 사람이 부럽다. 말을 적게 하는 사람이 부럽고 할 말만 하는 사람이 부럽다. 적어도 도시의 삶에서는 그럴 수 없으므로 나는 그것이 부럽다.

하룻밤을 같이 보냈으므로, 함께 사막의 일출을 보았으므로 아침 식사를 할 땐 서로에 대한 경계가 느슨해지기도 하였다. 일행 중 오스트리아에서 온 사람은 자신이 심리학자라고 했다. 정신과 의사랑 다른 거냐고 물었더니 의사라기보다는 '프로이트 같은 사람'이라고 말했다. 나는 흥미로웠다. 그와 더 이야기를 하고 싶어서였는지는 몰라도 나는 농을 섞어 한번쯤 정신과 의사나 프로이트를 만나보고 싶었노라고 말했다. 심리학자를 제외한 다른 일행 두 명이 일제히 나에게 물었다. 왜, 무슨 이유 때문이냐고.

나는, 그럼 당신들은 필요하지 않느냐고 반문하려다 내게 정신적인 문제가 있다고 말했다. 나는 머뭇거리다 조금만 나의 이야기를 하려고 했다. 문제가 있으면 그 문제를 크게 확대 생각하는 것, 사람이 미우면 그 사람을 안 보는 것, 자주 스스로 폭발하는 것 등등. 누구나 안고 있을 법한 흔한 문제들을 나열했다. 그러자 그가 말했다.

「말하세요. 누구든 붙잡고 그걸 이야기하세요. 누가 없으면 혼자서 이야기 하세요. 자신을 힘들게 하는 문제들을, 현상들을요. 말하지 않아서 병이 됩니다. 말하지 않아서 고통스러운 겁니다.」

그의 처방은 생각보다 일반적이었으나 텐트 바깥에서 스며드는 아침 햇살은 하나하나 음이 살아있는 것처럼 굉장했다.

아침 식사를 마치고 각자 산책 시간을 조금씩 갖기로 했다. 나는 나를 제외한 나머지 세 명의 일행에게 방향을 정해주었다. 한 사람은 동쪽으로, 두 사람은 각각 서쪽과 남쪽으로, 그리고 나는 북쪽으로.

나는 북쪽을 향해 걸으면서, 모래에 푹푹 빠지는 발을 내려다보며 그 방향이 너무 맘에 든다고 소리를 질렀다. 반시간 가량 산책을 마치고 캠프를 떠날 채비를 하는데 지난 밤 빵을 구워주고 모닥불을 피워주었던 베르베르인이 저 멀리서 손을 흔들었다.

저 사내가 말하지 못하는 것은 이 사막의 모래알갱이 숫자만큼이나 많을 것이라 생각했다. 입 안의 모래와 마음의 모래가 저 사내가 말하려 하는 것을 막고 있는 거라는 생각도 들었다.

나를 위해 조금만 말을 늘리자. 저 사내의 몫을 위해서라도 조금만 더 자주 중얼거리자. 그렇게 생각했다.

캉허우밍

이야기 미학,

아침에 눈을 뜨면 설산(雪山)이 가물거리는 날이 많았네.
비행기 안에서 내려다본 안데스의 설산을 눈 시리게 내려다보면서 문득
자네 생각이 났지. 8년 전이던가. 아니면 그보다 더 오래된 일이던가.
그럼에도 난 자네에게 미안한 마음을 지금도 놓지 못하고 있네.

티베트에서 떠나는 모든 비행기가 만석이라 라싸에서 거얼무까지 버스를 타야 했어. 다른 외국 여행자의 말에 의하면, 그곳은 35시간에서 40시간이 걸린다고 했고 여차하면 그 이상을 훨씬 넘길 수도 있다고 했어. 그 버스 안에서 자네를 만났지. 자네는 복장만으로도 군인이었고, 휴가를 가는 길이었고, 가고자 하는 고향까지 40시간이 걸릴 수도 있다는 버스를 타고 간 뒤, 기차를 세 번 갈아타고 만 닷새 만에 도착할 거라 했어. 그래서 난 자네에게 말을 붙인 것 같아. 닷새 동안 고향을 향해 달리는 자네 마음이 근사해서 말이지. 처음 난 자네를 경계했던 것도 같네. 중국군인 주제에 남의 땅에 들어와 뭘 지키겠다고 티베트까지 배치되어 월급을 받는가, 시비를 걸고 싶었지.

버스에서 밤을 보내는 일은 쉽지 않았어. 어떤 사람들은 솜이불을 싸들고 탔고, 또 어떤 이들은 모르는 처지의 사람들끼리 서로 부둥켜안고 잠을 자는 지혜를 발휘하며 견뎠지만 나는 그러질 못하고 긴긴 추운 밤을 그냥 오들오들 떨며 지새워야 했지. 그렇게 추운 밤에 대한 경험은 그전에도 그 후로도 없었을 걸세. 물론 자네도 마찬가지였지. 버스의 흔들림이라고 하기엔 너무나도 추위 부들부들 떨고 있는 게 확실했고 그냥 넓적다리 하나만을 서로에게 빌려준 채, 그 온기에 기댄 채 그렇게 추운 밤을 보냈지.

그런데 추위만으로 잠을 못 잔 건 아니었어. 내가 맨 뒷자리 오른쪽 바퀴 위에 앉은 탓에 그만 60센티 공중으로 튀어올라 머리를 찧었고 머리통에서는 피가 흘렀었지. 청천난류를 만난 거였지. 난기류 지역을 지날 때 요동을 치면서 순간적으로 급강하는 것 말일세. (그래서 난 그 이후로 이 모양이고.) 자네, 혹시 기억하나. 자네가 어딘가 쉬어가는 작은 마을에서 사람들에게 물어물어 어렵사리 약방을 찾아낸 것을.

자네를 찍은 사진을 인화해서 보내야 했지만 티베트 여행에서 돌아온 직후, 집에 그만 도둑이 들어 필름이 들어 있던 카메라를 가방째 들고 갔어. 니콘 카메라를 잃고도 '어? 그 안에 필름 있었는데……' 하는 생각이 먼저 든 건 자네가 사진을 보내달라고 간곡히 청을 했기 때문일 걸세. 자넨 군대 주소를 적어 주려다 그 주소는 머지않아 바뀔 수도 있을 거라 말하며 고향집 주소를 적어 줬었지. 영원히 바뀌지 않을 주소라고 말했어. 영원히 바뀌지 않을 주소라는 말에 난 울컥했던 것도 같아. 나도 그런 주소를 갖고 싶었네. 내 집이 아니라면 거짓말처럼 버젓한 주소라도 말이지.

'흘러 흘러 어느새 나는 칠레에 와 있네'라고 쓰고 싶지만 그렇게까진 아니네. 집을 나선 지 두 달이 다 되어가지만 난 흐르고 있다는 생각은 안 드네. 그냥 걷고 사람을 만나고, 걷고 사람을 만나고 있다는 기분만 들 뿐.

내가 중국에 다시 가고 대륙을 종단하거나 횡단할 일이 있으면 반드시 자네를 한번 찾아가겠네. 겨우 필담을 하는 것이 고작이겠으나 약속을 지키지 못한 내 사정을 설명해야 할 것이므로.
구이저우성(貴州省) 구이양(貴陽)에 사는 캉허우밍(康后明).

좋아해

낡은 옷을 싸들고 여행을 가서 그 옷을 마지막인 듯 입고 다니는 걸 좋아해.
한 번만 더 입고 버려야지, 버려야지 하면서 계속 빨고 있는 나와 그 빨래가
마르는 것, 그리고 그렇게 마른 옷을 입을 때 구멍 하나 둘쯤 더 확인하거나
특히 입을 때 삭을 대로 삭은 천이 스르르 찢어지는 그 소리를 좋아해.

기차역이나 기차 안에서 만난 사람들을 기차가 떠남으로 해서 더 이상 만날
수 없는 인연을 좋아해. 그 당장은 싫고 쓸쓸하지만 그 쓸쓸함이 여행에 스며
드는 걸 좋아해.

옆방에 장기투숙하는 사람들을 사귄 다음, 그들에게서 소금과 기름을 꾸는
걸 좋아해. 몇 번 귀찮게 하다가 결국엔 내가 만든 요리 아닌 요리를 그들에
게 한 접시쯤 건네게 되는 상황까지도.

마을 사람들에게 내가 여행자가 아니라 좀 이상하다 싶을 정도로 오래 머문다
싶은 사람으로 인식되는 것도 나쁘지 않아. 그들은 나에게 자전거를 내주고
나는 그들에게 가져온 동전 몇 개를 나눠주고, 그러면 그들은 나에게 맥주 한
잔을 권하고 그렇게 해가 기울고 혼자 돌아가는 것이 싫어 그들이 떠난 자리
에서 펴놓은 수첩 가득 그들과 주고받은 대화의 흔적들을 들여다보는 것도.

사진 찍는다고 버스 뒷자리에 앉아 있는 나를 애써 운전석 옆 앞자리에 앉혀주던 기사가 버스를 세우더니 흙탕물 튀긴 버스 유리창을 자신의 옷으로 닦아주는 것도, 산사태가 난 길 위에서 버스를 밀어야 하는 상황에서도 옷 버린다며 나를 제외시켜주는 것도 나쁘진 않아. 자기가 듣는 좋은 음악이라고 음악 테이프를 갈아주며 내 표정을 살피는 기사와 서른 시간이 넘는 여정 동안 기내식처럼 식사를 차려 손님에게 나눠주던 남자 버스 안내원이 때낀 손톱을 파내다가, 하품까지 섞어가며 갈 길은 멀지만 그래도 많이 왔다고 말하는 것도 좋아.

기약 없이 떠나왔으니 조금 막막한 것도, 하루하루의 시간이 피 마르듯 아깝게 느껴지는 것도, 돈이 다 떨어져가는 것도 나쁘지 않아. 당신이 내 국제전화를 받지 않는 것도, 겨우 연결된 국제전화인데 내가 뭐라고 말할 때마다 '됐어'라고 퉁명스레 말하는 것도 모두 나쁘지 않아.

혼자 이국의 바닷가에서 울적해하기보다는 웃을 수 있는 일을 먼저 생각하자고 쓸쓸히 마음을 먹는 일도, 떠나는 일은 점퍼의 지퍼 같은 것이어서 지퍼를 채우기만 하면 언제든 떠날 수 있는 상태라고 생각하는 것도 좋아해.
그리고 눈이 내리고 내리고 쌓이고 또 쌓이는 밤, 창문을 활짝 열어놓고는 '당신하고 같이 왔으면 정말 좋았을 텐데'라고 생각하면서 술이나 사러 나갈까 하며 벗어놓은 양말을 신는 걸 좋아해.

이야기 버튼들

쓸쓸

파리에서 영화학교를 다닐 때였어. 난 체질상 학교보다 극장을 더 좋아하고 극장보다 공원을 좋아하고 공원보다는 강을 좋아하고 강가보다는 다리 위를 좋아해.

근데 더 좋아하는 곳이 생긴 거야. 거기가 어디냐 하면 CD와 책과 비디오 테이프와 카메라를 파는 'fnac'이라는 매장이었는데 난 하루에 몇 시간을 거기 가서 놀았던 거야. 뭐 돈이 없으니 필름이나 사고 CD나 책이나 기계 파는 곳을 눈으로 참견하는 일이 대부분이었지.

난 그때 인도에 가고 싶었던 거 같아. 그때 우연히도 인도 음악 CD 하나를 발견하고는 그 음악을 듣는데 당최 살기가 싫어지는 거야. 나중에 『부에나 비스타 소셜 클럽』의 프로듀서를 맡은 라이 쿠더(Ry Cooder)가 그즈음 인도 가서 작업한 음반이었는데 그 음악을 들으러 매일 출근을 하다시피 했어. 그곳은 새로 나온 음반이나 잘 팔리는 음반들을 듣게끔 해놓았어. 안 사도 되니까 그만이었지.

근데 그렇게 일주일가량을 듣고도 그 음반이 갖고 싶어 당최 죽을 거 같은 거야. 그때 난 '돈 없어도 대차게 살자'라는 좌우명을 가지고 살던 시절이었는데, 돈이 없는데 어떻게 대차게 살겠어. 난 왜 그랬는지 모르게 그렇게 한 거야.

내가 갖고 싶은 CD에 붙은 바코드를 떼어버리고 옆에 놓인 싸구려 CD에 붙은 바코드를 붙여서 계산대로 간 거지. 그러니까 86프랑짜리를 68프랑에 사기 위해 귀찮게 깎거나 하지 않아도 됐던 거야.

계산까지 다 했어. 내가 특별 할인시켜놓은 가격으로.

근데 카메라가 날 따라다니고 있었는지 어떻게 된 건지 계산을 하고 나오는데 누가 날 잠깐 보자고 하데. 비행 청소년 취급하면서 날 사무실로 데려가데.

이름과 주소와 이것저것을 묻더니 다시는 이런 일이 없었음 하고 바란대. 물론 속으로였지만 '나도 그렇게 되길 바란다'고 대답하며 고갤 끄덕였어.

근데 이 자식들이 나한테 그러네. 아까 계산한 금액과 원래 이 CD의 가격은 차이가 있으니 그걸 지불하겠냐고.

난 그때 '그만한 돈이 있었으면 그걸 샀지? 내가 그랬겠냐?'라고 말하려다가 무슨 마음이 들었는지 그걸 맡아달라고 말을 한 거야.

내가 또 오겠다. 돈을 가지고 오겠다.

그랬더니 나에게, 그럼 그러지 말고 내가 지불한 돈 68프랑을 일단 되돌려주겠다는 거야.

「아니, 그러지 말고 맡아달란 말이야. 날 기억하면 되잖아.」

난 버럭 화를 냈어.

난 그 돈을 돌려받기가 뭣했던 거 같아. 그 돈을 받기가 쓸쓸했던 거 같아.

난 그래놓고도 다시 그곳에 가지 않았어.

황폐해지고 있다는 기분과 갈피를 잡을 수 없는 몹쓸 것들이 나를 어떤 식으로든 휘저어놓으려 하고 있구나, 라는 사실이 기분 나빴어.

난 그때 죽을 것처럼 인도에 가고 싶었던 거 같아.

86프랑을 내 맘대로 '특별 위로 할인'한 단돈 68프랑을 내고서 말이지.

먼 훗날

먼 훗날은 그냥 멀리에 있는 줄만 알았어요.

근데 벌써 여기까지 와버렸잖아요.

영국인
택시 드라이버

영국 에든버러에서 만난 택시 기사 아저씨.
이런저런 얘기를 하다 대뜸 나에게 묻는다.
「결혼했어요?」
「제가 결혼한 걸로 보여요? 안 한 걸로 보여요?」
그랬더니 택시 기사 하는 말.
「나, 사람 함부로 안 봅니다.
눈에 보이는 거, 그거 절대 안 믿는 사람입니다.」
그렇게 된 이유가 있단다.

며칠 전 늦은 시간에 손님을 태우게 됐는데,
그 손님의 행색이 말이 아니었다.
거의 걸인의 행색에 가까울 정도여서
목적지까지 가는 내내 슬며시 후회를 하게 됐단다.
「어쩌면 택시비를 받을 수 없는 상황이 생길지도 모르겠구나.」
근데 택시에서 내릴 때가 됐는데
두 배가 훨씬 넘는 택시비를 내더란다.
집에 들어가다가 맥주라도 사 마시라며……
오늘, 안 좋은 일이 있어서
남한테 좀 베풀고 싶은 거니까 받으라고……

택시 기사는 등에 차가운 것이 내려앉는 느낌을 받았다고 했다.
그러면서 나를 향해 큰 소리로 강조한다.
「좋은 일도 아니고, 나쁜 일이라잖아요!」

상대를 일방적으로 생각하지 않기 위한 방법은,
완전히 이해함으로써 가능할 것이다.
그렇다. 누군가를 진정으로 이해하게 됐다면 아무리 늦었다 해도,
아무리 아니라고 해도 그건 분명 사랑인 거다.

이야기 마흔다섯

고양이가
돌아왔으면
좋겠어

떠나는 누군가를 붙잡기 위해 너무 오래 매달리다 보면
내가 붙잡으려는 것이 누군가가 아니라, 대상이 아니라
과연 내가 붙잡을 수 있는가, 없는가의 게임으로 발전한다.
그리고 게임은 오기로 연장된다.
내가 버림받아서가 아니라 내가 잡을 수 없는 것들이
하나 둘 늘어간다는 사실에 참을 수 없어 더 이를 악물고 붙잡는다.
사람들은 가질 수 없는 것에 분노한다.

당신이 그랬다. 당신은 그 게임에 모든 것을 몰입하느라
전날 무슨 일을 했는지 뒤를 돌아볼 시간조차 없었다.
당신은 그를 '한번 더 보려고'가 아닌
당신의 확고한 열정을 자랑하기 위해 그를 찾아다니는 것 같았다.
그걸 전투적으로 포장했고, 간혹 인간적인 순정으로 위장하기도 했다.
모든 것이 끝나버린 후, 그 끝 지점을 확인하는 순간
큰 눈처럼 닥쳐올 현실을 두려워하는 것 같았다, 당신은.

그 무렵 나는 당신을 그 절망에서 꺼내줄 수 있을 거라 믿었다.
도화지를 기다랗게 말아 눈에 대고는
그것을 통해 단 한 가지만 보려 드는 당신.
그런 당신에게 어울리는 건 한참 느슨하고 모자란,
나 같은 사람일 거라 생각했다.

허나, 당신은 몇 년째 그대로였다.
여전히, 오랜만에 길가에서 마주친 나 같은 사람은
아침 신문에 끼여 배달되어 오는 전단지 같았다.
어떻게 그 모든 것들이 몇 년 전과 똑같은 그대로일 수 있을까.
어떻게, 사랑을 거둬버린 그를 향해
다시 사랑을 채우겠다고, 네 살 난 아이처럼 억지 부리는 일로
세상 모든 시간을 소진할 수 있단 말인가.
당신은 고장 난 장난감처럼
덜그럭덜그럭 같은 동작을 반복하고 있었다.

낯선 곳에 가 있으면서 잘 있다고 말하는 것 같았다.
균형을 잃은 지 오래이면서도 그것도 모르는 것 같았다.
고양이처럼 돌아왔으면 좋겠다.
하지만 어찌 될 것인지, 어찌해야 할 것인지를
결코 당신이라는 고양이는 알려주지 않는다.

시시한

조금만 좋아하지 그랬어요? 너무 열심히 그 시간을 살지 말지 그랬어요? 조금뿐이었다면 안 헤어질 수도 있는데 뭔가를 너무 많이 올려놓으니까 헤어지게 되잖아요. 그래서 이번에 바꾸기로 한 건가요. 바꿔도 안 시시해지는 걸 찾아서?

신발이 낡았다고 생각하는 순간, 언젠가 신발을 사야겠다는 생각을 하죠. 하지만 당장은 사지 않아도 될 거라는 생각을 얼마나 자주 하게 해요. 오래 신고 있던 신발은?

몇 달쯤, 적어도 한 달은 이 신발로 너끈히 버틸 수 있다고도 생각하잖아요. 근데 어느 날, 신발을 사요. 단순히 기분 때문에 날씨 때문에 혹은 시간이 남아서일 수도 있겠죠. 새 신발을 사서 신고 나면 쇼핑백에 담겨 한쪽 손에 들린 신고 있던 신발은 얼마나 시시해요? 죽을 것처럼 시시하죠. 시시하고, 도무지 시시한 거예요. 그러니 누군가는 돌리는 내 등짝을 바라보면서 얼마나 시시했겠어요?

시시한 게 싫다고 시시하지 않은 걸 찾아 떠나는 사람 뒷모습은 상상만으로도 얼마나 시시해요?

처음에 시시하지 않을 것 같아 시작했는데 시작하고 보면 시시해요, 사랑은.
너무 많은 불안을 주고받았고, 너무 많이 충분하려 했고 너무 많은 보상을
요구했고, 그래서 하중을 견디지 못해요.
그래서 시시해요, 사랑은.
그러니 어쩌죠? 신발을 사지 말까요? 옆에 아무도 못 오게 할까요?

하지만 그럴 순 없을 거예요. 그러니까 이런 건 어때요?
시시하지 않을 거라 생각하고 확신한 그 지점, 그 처음으로 달려가세요.
그리고 당분간도, 영원히도 사랑은 사랑이기 때문에 별거 아닌 채로 계속
자나 깨나 시시할 거라고, 또박또박 말한 다음. 처음부터 다시.

지구 반대편에 가 있다 생각하고
세상 모든 시계를 거꾸로 돌려놓고 처음부터 다시.

페루에서
쓰는 일기

습관처럼 다닌다. 습관처럼 여행을 다니려고 한다. 여행을 다니는 습관만큼 내가 사람을 믿는 건 사람한테 열쇠가 있다고 생각하기 때문이다. 하지만 사람으로부터 받을 게 있다는 확신에 기대는 바람에 나는 자주 사람에 의해 당하고 패한다.

어제 쿠스코 광장에서 만난 소년도 그렇다. 나를 묘지에 데려다 주겠다고 했다. 매주 일요일이면 네 시간 동안 버스를 타고 와서 엽서 파는 일을 한다는 소년은 자신의 학비벌이와 아픈 어머니를 위해 여행자들에게 도움 주는 일을 한다고 했다. 하지만 서너 시간 나에게 도움을 주고서 그가 원한 노동의 대가는 터무니없는 규모의 가전제품이었다. 그래도 그가 원하는 규모의 절반 크기 되는 가전제품을 들려 보내면서 괜스레 부족하고 모자란 기분이 들어 영어사전까지 사 들려 보냈지만 그와 악수를 하고 헤어지는 순간, 그때서야 당했다는 기분을 어쩌지 못했다. 그 아이가 나에게 했던 말들 모두가 거짓일 수도 있다고 생각되었다. 그렇다고 항상 당하는 쪽인 나 같은 이에게 쓸쓸함만 남는 건 아니다. 고맙게도 쓸쓸하면 할수록 다시 사람을 떠올리며 사람의 풍경 안으로 걸어갈 힘이 생긴다.

열흘 전 볼리비아 소금사막을 가는 버스 안에서 만난 미국인도 그랬다. 그는 정부관료라고 자신을 소개했지만 내가 잠깐 배낭을 맡기고 세수를 하러 간 사이 그는 나의 배낭을 열어 선글라스를 가져갔다.

하노이에서 호수를 산책하던 중에 만나 얘기를 나누던 대학생도 바닥에 내려놓은 배낭을 열었고, 언젠가 암스테르담에서는 영화관 옆자리에 놓아둔 가방도 그 옆자리에 앉은 누군가에 의해 잃었다.

그러면서도 어떤 상황이든 설마라는 생각은 하지도 않는다.

한번 사람을 의심하기 시작하면 여행은 끝이다. 그만큼 자유롭지도 못할 뿐더러 기회도 적기 마련. 세상에 하나뿐이라고 생각한 친구를 믿은 적 있으나 그는 나를 믿어주지 않았고, 한 사람을 믿은 적 있으나 그 사람에게 필요한 것은 믿음이 아닌 듯하였다. 그 울림은 더 장황해져서 다른 사람에게 믿음을 옮겨가면 그뿐이었다. 내가 사람에게 함부로 대했던 시절이 분명 있었기에 당함으로써 배우는 것이라 자위하면 되는 것.

서성(書聖)으로 불리는 중국의 왕희지가 서예를 연마하기 위해 연못물이 까매지도록 먹을 갈았는데 이를 두고 묵지(墨池)라 했다는 일화처럼 나는 사람을 믿기 위해 끊임없이 다닐 것이고 그렇게 다님으로써 사람의 큰 숲에 당도하기를 희망한다.

역사가 길지 않은 믿음은 가볍다. 그 관계엔 부딪침만 있고 따분함만 있을 뿐이며 혼자인 채로 열등할 뿐이며 가벼울뿐더러 균형마저 잃는다. 심연은 깊은 못이나 바다에 있는 것이 아니라 사람의 그 한가운데 존재한다.

사람을 믿지 않으면 끝이다. 그렇게 되면 세상은 끝이고 더 이상 아름다워질 것도 이 땅 위에는 없다.

산토리니
섬

이곳에 오지 않으면 안 될 것 같은 마음은 몇 년 동안 푹 썩었습니다. 쨍쨍한 햇빛을 받고도 몸 기운이 들뜨지 않는 곳, 따뜻한 물기가 머릿속에 고였다 사라지곤 하는 첫 경험 같은 곳, 이곳 풍경은 자연이라기보다 차라리 정신입니다. 특별할 것도 없는 마음을 도드라지게 하는 풍경은 얼마 전부터 보기 힘들어진 당신을 떠올리게 합니다.

몽상의 나라에서 한참을 떠도는 꿈. 그 꿈을 그리워하던 당신이 이곳으로 집을 옮긴다면 어떨까요. 마주치는 시선만으로 생기는 관계조차 만들지 않으려는 당신, 이곳에 도착해서야 당신 마음의 병도 나을 듯싶습니다. 누워 엎드린 소를 닮은 이 섬에서 소의 눈망울을 하고 종일 바닷가에 나와 마음을 내어 말리는 건 어떤가요.

석양이 보이는 해변의 카페에서 이곳 술인 우조 몇 잔에 마음속 동굴 벽을 타고 흐르던 점액이 씻겨 사라질 무렵에는 돌고래 떼가 백사장 앞에서 한참을 놀다 갔습니다. 그들의 방문을 끝으로 흐릿하고도 아슬아슬한 저녁햇살의 물결이 도착합니다. 큰 점으로 뭉쳐 있던 사람들이 하나 둘씩 떠나기 위해 흩어지고요, 그래도 나는 일어설 줄 모릅니다. 산토리니에서의 감정은 이렇듯 날마다 팽팽합니다.

함부로 사는 것도 힘들었습니다. 함부로 살다가 함부로 짓밟힌 저를 발견하고서야 비장한 삶의 각오를 떠올리는 제가, 비참했습니다. 삐뚜름한 마음으로 삐뚜름한 세상과 대적했던 나나 당신 역시, 부끄럽게도 폭발할 일이 있다면 이곳이 적당하단 생각입니다. 흘려보내도 쏟아 부어도 다 받아내야 할 것만 같은 이곳의 광채는, 얼마 안 되는 상실감을 짊어지고 와서 여전히 엄살을 떠는 이들에겐 공격적이기도 하겠지만 이만한 곳에서 이만한 쓸쓸함을 누리는 것도 행복이겠습니다.

막배가 끊길 시간, 부두로 향하려다 등대 위로 올라갑니다. 푸른 초원 위를 지나는 제가 보입니다. 그런 저를 보고 바람이 말을 붙입니다. 저는 이곳의 말을 몰라 대답조차 할 수 없어 한참 바람의 얼굴만 바라봅니다. 보고 싶은 당신, 여기는 세상의 끝입니다. 이곳에 도착하자마자 얼마 안 되는 고통들은 마비되었습니다. 섬을 찾아야 간격이 보이고 침묵이 떠오르는 이유 때문입니다.

이야기. 마흔아홉.
검은 눈

루마니아에서 불가리아로 돌아오는 새벽 기차 안.

여권 검사를 하던 군인이 내 여권을 보더니 싱긋 웃는다.

영문도 모르고 나 역시 덩달아 웃었더니 그가 하는 말.

뒤칸에 북한 사람들이 타고 있다고 한다.

나는 그들을 만나러 뒤칸으로 간다. 뭘 어쩌자는 건 아니다. 그냥 얼굴 한번 보고 올 작정이었다. 하지만 심장은 두근거린다. 거의 승객이 없다시피 한 다음 칸 침대차에서 그들과 마주쳤을 때 그들은 맨발로 복도를 서성거리고 있었다. 세 명이었다. 밤기차였으니 그들도 나처럼 잠에서 깬 지 얼마 되지 않은 것 같았다. 내가 나타나자 그들은 침대에 앉아 경계를 늦추지 않았다. 그들의 눈동자는 유난히 까맸다. 화장실을 다녀오는 척하며 그들을 지나친 다음, 다시 그들을 지나 내 침대칸으로 왔다. 심장은 여전히 뛰고 있었지만 호기심 때문인지 아니면 그 무엇 때문인지 나는 그들을 한번 더 봐야 할 것만 같았다. 담배와 컵라면을 들고 그들을 찾아갔다. 용기를 내어 인사했다. 나의 인사를 받는 대신 그들은 뒤로 몸을 물린다. 여행 중이라고, 서울에서 왔다고 했다. 그들은 검은 눈만 보여줄 뿐 아무런 대답도 하지 않았다. 어디 가는 길이냐고 물었다. 한참 시간을 끈 후에 그중 나이가 가장 많아 보이는 사람이 말했다. 「소피아 갑네다.」 짧은 말에 날이 서 있다.

나는 무슨 말을 꺼내야 할지 막막했다. 소피아에 무슨 일로 가는지, 동유럽엔 왜 와 있는지, 북한 사정은 여전한지 그런 걸 물을까 했지만 검은 눈의 세 사람이 나를 경계하는 것 이상으로 뭔가를 두려워하고 있다는 사실에 난 그냥 손에 들고 있던 담배 몇 갑과 컵라면 세 개가 담긴 봉지를 건넨다. 그들의 검은 눈은 그 순간 더 검어졌고 오래 아무 반응도 보이지 않는 그들 앞에서 내민 손은 무안할 지경이 되었다. 그들 침대에 봉지를 던져놓고 돌아왔다. 그들이 거절할지도 모르니 그렇게 던져두고 오는 편이 나쁘지 않을 것 같았다.

30여 분이 지나고 종점인 소피아 역에 내려 나는 그들에게 눈인사라도 해야겠다는 생각으로 그들을 찾기 위해 두리번거리기 시작힌다. 그들은 어디로 간 것일까. 나를 피했다고밖엔 생각할 수 없을 정도로 그들의 자취는 온데간데 없었다. 순간 상처를 받았다는, 어쩔 수 없는 기분이 들었다. 곡예를 했다는 생각이 들었다. 그 몇 분 사이 세 명의 손님에게 어떤 대접도 해주지 못하고 그냥 보냈단 마음 때문이었다.

환상의 바다에
몸을 담그고

간혹 사람들은 묻는다. 왜 그렇게 다녀야만 하냐고. 피의 문제라고 대답도 했다가 결핍의 문제라고도 했다가 나도 잘 모른다, 라고 대답을 해왔다. 상상력을 위해서라고 말하기에는 뭔가 폼 잡는 것처럼 보일 것 같아 그렇게 말하지는 않았다.

상상력이 부족해서 더 가난한 시대에, 사람들은 함부로 남을 이야기할 때만 상상력을 동원한다. 그 뻔한 상상력만으론 행복해질 수 없다는 걸 모르고 살고 있는 눈치다.

진정으로 남의 입장이 되어보기 위해서, 낯선 공간으로 끌려들어가기 위해서, 그렇게 먹먹해지고 막막해져서 조금 나은 상상력의 밑천을 짊어지고 돌아오기 위해 나는 먼 길에 머무르기를 좋아한다.

보스니아 사라예보에서 출발해 세르비아 국경을 넘은 버스는 원래 새벽 2시 경에 목적지에 도착할 예정이었지만 폭설로 인해 새벽 4시 반이 되어서야 종착지에 사람들을 내려주었다. 아무 불빛도 보이지 않았다. 잘 곳이 없으면 어쩌나 불안했다. 삼삼오오 내 주위를 떠나가는 사람들의 옷소매를 붙들고 구걸하듯 나는 '호텔…'이라고 말했다. 말이 통하지 않은 상태에서 그 말만 하면 그래도 사람들은 알아들을 것 같았다. 사람들은 뭐라고 내게 대답을 해줬지만 알아들을 수는 없었다. 그때 저기서 택시 불빛이 보였다. 눈길에 내려서서 택시를 잡아타고 말했다. 역시 '호텔…'이라고.

기사는 나를 어디론가 데리고 갔다. 가는 도중 뭐라고 말을 시키긴 했지만 내가 알아들을 수 있는 말이 아니어서 그냥 잠자코만 있었다.

나를 내려준 곳은 어두컴컴한 골목이 어느 건물 앞이었다. 호텔이라는 간판도 없었다. 그에게 '호텔?'이냐고 물으니 그렇다고 했다. 그가 철문을 흔들고, 어두운 건물의 문을 두드려봤지만 아무 인기척이 없었다. 그때 어둠 속에서 한 노인이 철문을 열었다. 기사와 노인이 뭐라고 몇 마디를 주고받은 다음 택시 기사는 택시비를 받고 떠났다.

노인은 다시 나를 데리고 어딘가로 들어갔다. 그곳은 허름한 창고였다. 추운 창고 안에 피워 놓은 석탄난로 불빛에 사람들이 뒤엉켜 잠들어 있는 모습이 보였다. 나는 뒷걸음질쳐 그곳을 나왔다.

노인은 잠은 자야 하지 않겠냐며 나를 꾸짖는 것 같았다. 그래도 나는 여기가 아닌 다른 곳에 자고 싶다며 포갠 두 손을 한쪽 귓가에 붙이고는 간절한 표정을 지었다. 노인은 다시 나에게 호통을 치는 것 같더니 자기 방으로 나를 데려갔다.

노인이 머무는 곳은 가건물로 된 관리실이었다. 안은 제법 따뜻했다. 노인은 자신이 누워 있던 침상에서 눈을 붙이라며 자리를 내주었다. 호의는 알겠지만 그럴 수 없었다. 노인은 한사코 괜찮다고 하면서 아침에 해가 뜨면 호텔로 갈 수 있을 거라고 말하는 것 같았다.

갑갑한 표정의 노인이 담배를 피워 무는 사이, 관리실 구석을 두리번거리고서야 알았다. 중국 사람들이 모여 살면서 중국에서 수입해온 생필품들을 파는 곳이라는 곳을, 그리고 노인이 나를 데려다 주었던 곳은 창고 겸 중국인들의 숙소라는 사실을.

노인의 마음이 고마워 노인의 침대를 빌려 잠시 눈을 붙일까도 생각했다. 하지만 내가 찾았던 곳과는 영 딴판인 그곳에서 나는 잠을 잘 수도 없을뿐더러 한편으론 그 황당한 상황이 싫지 않아 노인의 몸짓을 바라보았다. 이런 일이 아니라면 어떻게 이 노인을 만날 수 있었을까. 나는 한 장의 완벽한 그림 앞에 앉아 있었다. 노인은 답답한 나머지 자꾸 내게 뭐라고 말을 걸지만 나는 그 그림이 좋아 두 눈만 끔벅이며 웃기만 할 뿐.

멀리서 들리는 닭울음 소리를 들으며 나는 그곳을 빠져나왔다. 차도 없었고 어둠이 채 걷히질 않아 길도 잘 보이지 않았지만 노인에게 내가 가지고 있는 담배를 모두 가지라고 건네주고 나는 무슨 약속이 있는 사람처럼 서둘러 그곳을 나왔다.

아름다움에도 충격이 있다는 걸 알았다. 한 평쯤 되는 노인의 공간을, 석유난로가 있고 낡은 전화기가 있고 포근한 담요가 있고 벽 한쪽에 가지런히 걸려 있던 노인의 외투까지. 나는 그곳을 잊을 수 없다. 낯선 아름다움은 인두자국 같다. 생경한 것일수록 강렬하게 박혀 오래 뇌리를 떠나지 않는다.

여행을 하면서 만나는 젊은 여행자들 중에는 상상력으로 단련되어 있는 친구들이 많다. 낯선 것에 온 몸을 빠뜨려 흠씬 몸을 적실 준비를 하고 상상할 꺼리들을 채집하러, 머리와 어깨에 힘을 빼고 상상력을 배우러 기차를 탄 것이다. 그들은 세상의 '잣대'나 '기준'들이 가장 더러운 것이라고 말한다. 사람과 풍경으로 끓어 넘치는 세상의 순간순간들을 잘 기워내 세상 풍파를 막아낼 양탄자를 만든다. 상상력은 한 뼘의 사고를 한 품의 사고로 확장시키며 사람을 단단하게 한다. 상상력만으로 아픈 사람 앞에 바다를 데려다 보여 줄 수도 있으며, 힘겨운 하루하루의 창 밖에 소나무 한 그루씩을 심을 수 있다.

그러니 떠나는 일에 있어서만큼은 기갈 들린 사람처럼 천박해 보여도 좋다. 떠나서만큼은 닥치는 일들을 받아내기 위해 조금 무모해져도 좋다. 세상은 눈을 맞추기만 해도 눈 속으로 번져들 설렘과 환상으로 가득 차 있으니까.

열흘 동안의
모란

겨우 몸을 가눠 택시를 탔다. 종이에다 한자로 썼다. '병원(病院)'이라고.
그때 몸살인 줄 알았다. 손을 뻗을 수도, 손가락을 펼 수도 없는 아픔이 몰
아쳤다. 중국말을 못하는 나는 필담으로 대충 증세를 전달하고 병원에서
주사를 맞고 약을 받았다. 그날 밤, 여전한 고통을 어찌지 못하고 다음 날
다시 병원을 찾았다. 전날 내 몸에서 뽑아 놓았던 피와 대소변의 검사 결
과가 나왔다. 급성 장염이었다. 중국 여행을 하면서 음식을 조심해야 했지
만 전날 저녁 구이린(桂林)길에서 사 먹은 만두가 아무래도 이상했던 거.

입원을 해야 했다. 티벳으로 가는 길이었지만 의사는 말렸다. 그럼 한국으
로 돌아가겠다고 했지만 그것도 말렸다. 티벳도, 비행기 안도 아픈 사람에
겐 공기가 부족할 거라고 했다. 말이 통하지도 않는 상황에서 나의 입원
수속을 도와주는 여의사는 무척 친절했다.

커다란 트렁크를 끌고 병원에 들어서는 내 모습은 그림만으로도 우스꽝스
러웠을 것이다. 한 간호사는 내 트렁크를 간호사실 옷장에 넣어 보관해 주
겠다고 나섰다. 그리고 나는 새하얀 병원복으로 갈아입었다. 그리고 새로
이 담당 여의사가 배정되었다.

침대에 눕자마자 두 개의 바늘이 내 팔뚝에 꽂혔고 그때부터 언제 끝날지
도 모르는 링거액 투입이 시작되었다.

나는 깊은 잠에 빠져들었지만 그 사이 병원의 모든 간호사와 의사들이 나를 구경하러 다녀갔으며 그 다음엔 할 일 없는 환자의 가족들이 나를 구경하러 들렀다. 나는 그들에게 인사도, 그 어떤 미소도 보여주지 못했다.

나는 힘없이 누워 지내면서도 그 병원을 감싸고 있는 이상하고도 묘한 공기를 감지할 수 있었다. 그건 따뜻한 기류였다.

기준에 엄격한 담당 여의사와 간호사들과 레지던트들 모두가 상당히 밀착된 관계를 유지하고 있었고 그들의 관계를 중심으로 주방, 매점, 원무과 직원 모두가 하나의 세트 안에서 움직이는 스텝들처럼 애정으로 서로를 돕고 서로를 격려하고 있었다. 그곳은 병원이 아니라 차라리 따뜻한 공기를 만드는 굴뚝같은 곳이었다.

어느 날 밤은, 오래 꽂혀 있던 바늘이 심술이 났는지 바늘 주변이 멍들기 시작하면서 더 이상 수액이 몸속으로 흘러들어가기를 멈추었다. 팔뚝이 부어올랐다. 당직 수간호사를 불러 손가락으로 팔뚝을 가리키자 서너시간을 내 옆에 붙어 간호를 했다. 얼음주머니와 물수건이 동원되었다. 둘의 대화는 「통(痛)?」「무통(無痛)!」 정도의 것이 다였지만 밤을 지새우는 그의 정성에 나는 다음 날 날아갈 것 같은 몸이 되어 병원을 뛰어다니기도 했다.

수위 아저씨와 눈이 맞아 수위실을 내 전용 흡연실로 했고, 병원 앞 시장에 나가 숙주나물을 사다가 주방에 넣어주며 그걸로 요리를 해달라고 했으며, 처음 병원을 찾았을 때 나를 진료했던 여의사의 진료실에 들어가 이것저것 참견을 하기도 했다.

내 모든 것을 허락해 주었던 곳, 내 모든 것을 낫게 해 주었던 곳, 모란이 피고 졌던 중국 류저우(柳州)의 어느 병원. 마음이 그윽해져서 돌아올 수 있었던 내 최고의 여행지. 그곳을 지나치지 못하고 잠시 머물 수밖에 없었던 것은 바람도 쉬어가야 멀리로 갈 수 있다는 걸 알게 하기 위해서였던 것 같다.

2004년 11월 20일,
생일

2004년 11월 20일. 파리의 아침 7시 40분 경,

밤새 『지옥 만세』 읽기를 끝내지 못하고

잠들기에 실패.

산책이나 하려고 푸석한 얼굴로 나갔는데

벌써 차들이 밀려 있었다.

차가 막히기엔 조금 이르다 싶은 시간인데 무슨 일일까.

높고 어두운 건물들을 제치고 골목이

끝나는 지점에 도착해서야

커다란 무지개가 떴다는 사실을 알았다.

사람들이 무지개를 보느라 차들이 밀렸던 것.

내 삶도 저만큼만 높고

아름다웠으면 하고 생각했다.

나는 누구 인생의 무지개가 되면 안 될까?

그 누가 내 인생의 무지개가 되면 안 될까?

환상은 건드려서 이미 부서졌다지만,

희망은 건드리면 무지개가 되잖아. 저렇게.

오늘 오랜만에 밥이 먹고 싶어서
쌀 파는 곳을 겨우 찾아낸 다음 쌀을 사서 밥을 하고
계란 프라이 두 개를 해서 들고는
가을 잎들이 뚝뚝 떨어져 내리는 저녁의 공원에 가서 먹었는데
나는 그 정도 행복이면 돼요.
달걀 두 개의 값과 양과 맛을 넘어서지 않는 행복.

귀뚜라미
할아버지

중국 난징(南京)에서 만난 할아버지는 거리에서 뭔가를 팔고 있었다.

앞에 놓인 둥근 박을 열면 그 안에 귀뚜라미가 들어 있다.
백설기를 들고 계셔서 할아버지가 드시는 건 줄 알았는데
떡조각을 조그맣고 동그랗게 말아 저 박 속에 넣어주고 계셨다.

그때 내가
본 것을 생각하면
나는 눈이 맵다

어딘가 낯선 곳에 갔을 경우, 그곳에서 강렬한 인상을 받았다면
나중에 꽤 오랜 시간이 지나도 그것은 남게 되어 있다.
하지만 과연 어느 정도가 되어야 아주 나중까지 기억할 수 있을까.
그걸 일일이 점수로 매기면서 다니는 여행자가 바로 나다.

어느 곳에 일단 도착하면 차에서 막 내렸을 때의 공기를 맡으면서
조금씩 느낌을 쌓아가기 시작한다.
최초에 말을 건 사람의 표정이나 인상,
숙소의 깔끔함이나 전망, 그리고 주인의 세심한 배려 정도.
이런 것들이 안정적이라면 쉽게 50점을 먹고 들어간다.

기본을 넘어섰다면 다음 것들을 기대해야 한다.
한 끼 식사의 가격과 수준,
여기저기서 스치는 사람들의 인상이나 친절함 정도.
많이 걷다가 쉴 만한 공원, 그리고 어느 정도 마음을 빼앗는 경치,
사람 사는 모습을 고스란히 담고 있는 시장.
이런 걸 한꺼번에 만나서 느낌이 다 채워졌다면 100점이 된다.

근데, 그런 곳에서 정말 운 좋게도 한참을 앉아 있다 가게 만드는
'거리의 악사'를 만났다거나 축제 행렬을 만났다거나
그것도 모자라 저녁 무렵 맥주 한잔을 마시다가
말이 통하는 친구 하나를 만나게 되었다.
그렇다면 이미 100점인데 어쩌겠는가. 점수를 더 보태는 수밖에.

여행은, 120점을 주어도 아깝지 않은 '곳'을 찾아내는 일이며
언젠가 그곳을 꼭 한 번만이라도 다시 밟을 수 있으리란 기대를 키우는 일이며
만에 하나, 그렇게 되지 못한다 해도 그때 그 기억만으로 눈이 매워지는 일이다.

중심으로

두 여인이 인도 여행을 떠났다. 세상에서 둘도 없는 사이였다. 두 사람은 여행을 떠나기 전 꿈에 부풀어 여행 계획을 세웠고 나름 '인도'라는 나라에 대해 탐구하는 학구적인 시간도 가졌다.

이제 두 사람은 비행기에 오르는 일만 남았고 마침내 얼마 안 있어 그렇게 되었다. 나란히 자리를 찾아 앉았고 비행기가 이륙하자 두 사람은 마음으로 박수를 치면서 미지의 나라로 순항했다.

그때 불쑥 한 친구가 말했다.

「우리, 인도 가서 따로 다니면 어떨까?」

겨우 용기를 내서 꺼낸 그 말에 친구는 가슴이 내려앉았다.

'우린 세상에서 제일로 친한 친구 아니니?'라고 묻고도 싶었고 '다른 것도 아니고 지금 우린 같은 비행기 안에 있지 않니?'라고 말하고도 싶었다. 잘못 들은 것도 같아 다시 묻지 않으면 안 되었다.

「왜? 정말… 그랬음 좋겠어?」

그러자 한 친구가 말했다.

「둘이 다니면 많이 못 볼 것 같아.」

맞는 말이긴 했다. 긴 설명이 필요 없었다. 어떻게 준비한 여행이고, 어떻게 빼낸 두 달인데. 하지만 그 말에 억지로 고개를 끄덕거렸던 친구는 화장실에 가서 갑작스런 기분을 이기지 못하고 조금 울다 나왔다.

인도에 도착하자마자 두 사람은 헤어졌다. 두 달 뒤, 한국으로 돌아가는 비행기를 타기 위해 이 공항, 이 자리에서 만나기로 하고.

대상을 향해 직진하는 편인가. 목적을 향해 내 모든 살아있는 감각들을 작동시키는 편인가. 나는 이런 질문들 앞에서 비교적 '그런 편'이라고 말할 것 같다. '비교적'이라는 꼬리를 단 것은 대상과 목적이 어떤 것이냐에 따라 조금은 달라질 수도 있기 때문일 것이다.

두 사람은 '중심'으로 걸어들어가기로 일치를 보았다.

인도로 날아간 두 사람은 감정의 거추장스러움 따윈 벗어던지기로 한 것이다. 이 프로젝트를 성공적으로 수행하기에 서로에게 의지하려는 마음 따위는 하등 쓸모없는 '감상'에 불과하다는 걸 인정한 것이다.

그렇게 마주친 세계는 분명 달랐을 것이다. 달랐기도 하려니와 온전히 자기 혼자만의 것이라 무엇보다도 벅찼을 것이다. 우린 과연 나 혼자만 온전히 그 무언가를 소유한 적이 있었던가.

두 사람의 여행은 무사했다. 무사했다는 것은 여행도, 두 사람의 관계도 별 탈이 없었다는 것이다. 그 두 사람은 두 사람이 그렇게 믿고 행동했던 것처럼 엄청난 것을 보았고 이 세계를 사랑하게 되었다. 물론 이 세계도 두 사람을 향해 방긋 웃어줄 수 있었다.

힌두교도의 말 중에는 '중요한 것은 우주를 한바퀴 도는 것이 아니라, 우주의 중심을 한바퀴 도는 것이다'라는 말이 있다. 쟝 그르니에의 〈섬〉에 나오는 이야기다.

중요한 것은 '중심'이다. 무엇을 보고, 무엇을 겪고, 무엇을 이해하는지의 핵심은 항상 '중심'에 있다.

그래야
하리라

신발은 끈을 느슨하게 매야 하리라. 말소리를 낮추어야 하리라.
바람보다 빨라서는 안 되리라. 눈을 감더라도 마음을 감아선 안 되리라.
전생에 혹은 그 전생에 살았던 땅의 냄새를 맡게 되더라도
그 냄새에 흔들려서는 안 되리라.
순간을 포착하되 거리는 두어야 하리라.
그래야 모든 것들은 매혹적이리라.
갖가지 열매들을 대접받고 심장은 사과의 양 볼처럼 두둑해지리라.

아무것도 없을지 모르리라.
아무것도 없는 것이 아니라 전부가 있을지도 모르리라.
내가 버렸던 전부와 내가 만나야 할 전부가
큰 숲으로 우거져 몇 평 땅을 내주고 쉬라 할지도 모르리라.
그 땅을 가져야 하리라. 그리고 조금 욕심을 내어
조금 더 달라고 말해야 하리라. 씨를 뿌려도 좋으리라.
내 것이 아닌 씨앗을 뿌려, 대접할 것들이 자라기를 기다려
식탁에 올려도 좋으리라.

흰옷을 입지 않는다면 맨몸이어도 좋으리라.
몸의 얼룩쯤이야 달리면 그만이리라.
마음이 내키면 나무 위에 올라 나는 연습을 하고
무슨 큰 일이 일어난 것처럼 소리쳐도 되리라.
혹시 아무도 듣지 않는다 하여 홀로 통곡하게 되더라도
그 울음은 흉도 죄도 되지 않으리라.
그리고 문득 생각난 듯이 물으면 되리라.
강도 풀리고 마음도 풀리면 나룻배에 나와 당신을 실어
먼 데까지 곤히 잠들며 가자던 약속을 왜 잊었느냐고
태초의 약속을 지키지 않는 당신에게 물어야 하리라.
아직도 오지 않는 당신에게, 왜 오지 않느냐고 물어야 하리라.

이야기. 열일곱.

당신이 머물고
싶은 만큼

그곳에 울려고 가는 사람도 있을 것이고, 애써 아프러 가는 사람도 있을 것이며 어쩌면 그곳에 묻어두고 올 아픈 기억들을 가진 사람들도 있을 것이다. 그 사람들에게 있어 티베트라는 목적지는 당연하고 마땅하다.

티베트로 향하는 비행기 안에서 나는 여러 번 옆자리에 앉은 사내의 눈을 주시해야 했다. 눈빛만으로도 충분히 강해 보이는 사내. 높은 지대에 사는 사람들은 혈액 내에 많은 헤모글로빈이 함유되어 있어 선천적으로 강인하다는 말처럼 그의 눈빛은 야성의 그것을 닮아 있었다. 그의 눈은 찢어졌고 날카로웠고, 해서 그의 눈빛에 일개 여행자인 내 마음이 금방이라도 베일 것만 같았다. 이내 나는 얼마 안 되는 시간 동안 그의 눈을 통해 티베트의 바람을 예감할 수 있었다.

티베트에 도착하자마자 나는 병원의 응급실로 가야 했다. 처음엔 이것이 고산 증세 때문인가도 싶었지만 전날 중국 청두(成都)에 머물면서 먹은 비위생적인 음식이 또 장염을 도지게 한 모양이었다. 고산병을 앓을 준비가 된 나에게 급성 장염은 맥 빠지게 할 뿐 아니라 두려움 이상의 탈진을 가져왔다. 링거병을 꽂은 채 어렵사리 고비로부터 헤어나올 무렵, 하나 둘씩 응급실을 찾는 사람들이 있었다. 고산병을 만난 여행자들이었다. 저마다 걸신들린 사람처럼 산소호흡기를 입에 대고 누워 충분한 공기로 속을 다스리고 있었다. 고산병을 치료하는 티베트 간호사들의 손놀림은 경지에 이르렀다 싶을 정도로 자연스럽고 일상적인 데가 있었다. 나만 침대에 누운 채로 아까운 시간을 죽이는 건 아닌 것 같아 아주 조금 위안이 되었다.

다음날, 아침. 눈을 떴을 때의 그 찬란함을 나는 잊지 못한다. 아픈 뒤에 일어난 몸은 금방이라도 날 것처럼 둥둥해 있었고, 눈은 가장 멀리를 볼수 있을 정도로 씻겨져 있었으며 심장은 모든 풍경 위로 미끄러져 들어갈 것처럼 이완되어 있었다. 장염을 겪은 자격 때문인지, 아니면 밤새 꿈속에서 들었던 '티베트에 들어오는 모든 이는 아파야 한다'는 말 때문인지 훌쩍 고산병을 뛰어넘은 아침이 사방을 밝히고 있었다. 눈물을 쏟아야 할 것만 같은 아침.

그들은 일 년에 한 번, 설 명절에나 목욕을 하는가 보다. 목욕을 하지 않아 고사목 같은 사람들. 건조한 날씨 탓에 자연적으로 발생되는 피부의 기름기를 닦아낼 경우, 피부는 트기 쉽고 가벼운 충격에도 살이 찢기기 일쑤다. 그러니 그들의 평소 목욕법은 비누나 물을 사용하지 않고 버터로 몸을 닦아내는 정도.

사람들의 성씨도 아버지나 어머니의 그것을 따르지 않는데 주류를 이루는 성씨는 모두 일곱 개로 월요일부터 일요일까지의 의미를 담고 있다고 한다. 월요일에 난 아이는 달, 화요일에 난 아이는 명마(名馬)를 일컫는 형마, 수요일은 바람, 목요일은 '날다'의 의미인 푸부, 금요일은 별, 토요일은 횃불, 일요일은 해다.

사람에 따라 보통 서너 개의 이름이 있고 많은 경우엔 수십 개의 이름을 가지고 살기도 하는데 이것은 오랜 세월 이어오던 일처다부나 일부다처에서 오는 자연스런 현상임과 동시에 가계도의 혼선을 의미한다. 게다가 종교적인 의미의 좋은 이름이 있으면 그 이름을 취하고 승려가 되면 또 다른 이름을 취해야 하므로 이름 수는 자연스레 늘어나게 마련.

999개의 방과 40여 개의 불당, 천여 개소의 불전, 2만여 개의 불상을 다 본다는 건 무리가 따르겠지만 그 성스러움이 빛나는 공간에 몸을 넣었다 뺐다는 것만으로도 생애 최고의 경험이 된다. 철골은커녕 못 하나 쓰지 않고 나무, 흙, 돌만으로 지은 포탈라 궁내에서 뿜어지는 환희의 기운은 머릿속에 차곡차곡 저장하기도 버거울 것이다. 세계의 박물관들이 탐내던 많은 문화재들은 중국이 죄다 빼내어 갔지만 아직도 고스란히 자리하고 있는 불상, 불탑, 조각, 탱화 등을 비롯해 2천 년의 역사와 문화 종교 등을 기록한 36킬로그램짜리 경전만도 무려 7천여 종이 보관되어 있다고 포탈라 궁 안내를 맡은 승려는 설명한다.

불심 하나만으로, 오체투지로 몇 개월씩 걸려 조캉 사원으로 향하는 사람들, 일을 하다가도 오며 가며 사원에 들러 공을 들이는 사람들. 길에서 마주치는 어린 승려들의 장난기 섞인 시선에 발길을 늦추고, 동네 여기저기서 밀려나오는 향 연기에 마음을 빼앗기다 보면 모든 세상의 길이 한 겹이 아니라는 걸 알게도 된다.

그런 그들 가슴은 평생 가도 울 일이 없지 싶다. 그들은 세상에서 가장 종교적인 민족인 까닭이다. 그들은 지상의 지붕 위에 올라서서 먼 곳을 보며 살아가고 있다. 그 먼 곳에 신비에 가까울 정도의 현실이 꿈틀거리고 있다고 믿는 것 같다. 아마, 살아가는 일보다는 우주 중심을 향해 겸허해지기 위해 고개 숙이는 일이 먼저라고 믿으며 사는지도……

만약 당신이 머물고 싶은 만큼 그곳에 머물다 돌아오더라도 티베트를 기어하지는 *말지*. 디민 *꿈꾸자*. 황망히 모든 것을 쓰러뜨리고 난 다음 다시 태어난 기분으로 그곳에 모든 것을 다시 세울 수 있도록.

시칠리아 섬엔
잊으러 온
사람들뿐이다

배가 도착하고 다시 그 배가 떠나고……
나는 그곳에서 지내는 동안 마치 누군가를 기다리는 사람처럼
배 시간에 맞춰 부두에 나가 있었어.
사람들이 배에서 내리고 사람들이 배에 오르는 모습을 바라보는 게
내가 시칠리아 섬에서 보낸 일과의 전부였지.
왠지 그래야만 할 것 같았어. 그렇게라도 뭔가 할 일을 찾는 게
하루하루를 매듭짓는 데는 그만이었거든.
내가 그렇게 부둣가에 앉아 있으면 시칠리아 섬에 여행 온 사람들이
나에게 길을 묻거나 괜찮은 숙소가 어디 있냐고 가끔 물어왔어.
오래 그 섬에 머물고 있는 나 역시 여행자였지만 그 가운데
몇몇 사람들에겐 길을 알려주기도 하고, 싼 숙소를 알려주기도 하고 그랬지.
너도 다르지 않았어. 너는 처음 본 나에게 누굴 기다리느냐고 물었고
난 그냥 이렇게 부두에 나와서 도착하는 사람들과 떠나는 사람들을
바라본다고 했더니 대뜸, 내가 머물고 있는 숙소엘 데려가달라고 했어.

「안녕, 나는 스페인에서 온 안젤라야.
며칠 전 남자 친구와 헤어졌고, 이번 여행의 목적은 그 남자를 잊는 것.」

난 너의 그 당차면서도 유난스러운 자기소개에 조금 놀랐어.

내가 묻지도 않았는데 넌 씩씩하게 남자 친구와 헤어진 얘길 했던 거야.

아마 모르긴 해도 그 씩씩함 때문에 넌 남자 친구를 충분히 금방

잊을 수 있을 거라 생각했지. 그날 밤은 정말, 정말 많은 비가 왔었어.

여자들은 우왕좌왕하며 바닷가에 널어놓은 생선들을 거두어들였고

배를 가진 어부들은 걱정스런 눈빛으로 바닷가에 매어놓은 배를 바라봤지.

숙소 발코니에 서서 나 역시 섬을 삼킬 것 같은 비바람을 걱정스러운 듯

바라보고 있는데 안젤라, 니가 그랬어.

「그래도 이 섬의 마피아들은 저희들끼리 모여 포커를 하거나 술을 마시고

있을 거야. 아니 어쩌면 새로운 꿍꿍이들을 구상하고 있을지도 모르지.」

그래서 내가 그랬어.

「그럼, 우리도 술이나 마실까?」

술을 한 잔씩 시키고 나서, 재미있을 것 같아 난 또 물었어.

「안젤라, 네가 이 섬에 오게 된 이유 같은 게 있을 거 아냐?

남자 친구를 잊는다는 목적은 들어서 알겠고,

그렇다면 왜 그 많은 곳 중에 하필이면 이탈리아의 시칠리아 섬이었어?」

너의 대답에 내 가슴엔 파문이 일더군.

시칠리아 섬이 하늘 위에서 보면 하늘을 날고 있는 새 모양을 닮았다고,

언젠가 다큐멘터리에서, 이 섬을 하늘에서 찍은 그림을 봤는데

그게 꼭 새 같아서 기억에 남아 있다고 했어.

너도 새처럼 자유롭고 싶었던 거였을까.

그리고 또 하나의 이유는, 헤어진 그가 알 파치노가 주연한 영화 『대부』를

3백 번도 더 봐서 대사를 줄줄이 외우고 있던 친구였다고.

그 친구가 언젠가는 꼭 한 번 와보고 싶어했던 곳이었다고.

난 물론 첫 번째 이유가 더 맘에 든다고 말했어.

그렇게 시칠리아 섬에 도착한 그 첫날 밤, 넌 술을 너무 많이 마셨고

너 덕분에 나도 다르지 않았고, 그래서 넌 조금 운 것도 같았고

그리고 넌 중얼중얼거리며

내일이면 당장 스페인으로 돌아가고 싶다고 말하는 것도 같았어.

「내일이면 스페인은 없어. 저렇게 비가 많이 오면 스페인도

떠내려가고 없을 거야.」

나의 썰렁한 농담에도 키득거리며 한참 웃는 너를 보다가

나도 너처럼, 누군가를 잊어야 할 사람이 있는 건 아닌가 하고 생각했어.

왠지 잊어야 할 그 사람이 배를 타고 나를 찾아올 것만 같아

하루 종일 부두에 나가 있는 거였다고, 너에게 말하려고 했지만

넌 나무 탁자에 엎드려 깊은 잠에 빠져든 것 같았어.

그때, 창문 틈으로 비의 냄새가 더 진하게 들이닥쳤어.

이야기. 쉰아홉.
바깥

집에 가기 싫어 여관에 간다.

집을 1백미터 앞두고 무슨 일인지 나는 발길을 돌려

1백미터를 걸어내려와 여관에 든다.

집에 누가 있는 것도 아니고

누군가 집에 없어 쓸쓸한 것도 아닌데

오늘도 난 여관 신세를 지기로 한다.

집이 주는 안락함은 두렵고, 생활의 냄새는 더 두렵다.

해야 할 일들이 오래 중단된 채 어질러진 책상과

며칠째 설거지를 하지 않아 접근하기조차 무서워진 부엌 주변과

이불이나 옷가지에서 내뿜는 익숙한 냄새 모두가 어느 한순간

역하다는 사실이 나를 집에 들어가지 못하게 한다.

여관은 유난히 푸석푸석한 아침을 선사해주고

익숙하지 않은 욕실의 낯선 비린내를 맡게 하고

창문으로 새들어오는 햇빛에 속을 쓰리게 만든다.

하지만 그 순간 불쑥 이상한 위로가 방문한다.

순간 혼자가 아니라는 사실과, 혼자가 아니어서

아무튼 괜찮다는 사실에 문득 내 자신은 근사해진다.

창문을 열어도 옆 건물의 벽만 보이는 곳이

뭐 그리 엄청난 위안을 줄까마는 아무것도 없기에 동시에

모든 확률이 존재하는 여관, 방,

그 낯선 곳에서 나는 잠시 어딘가로부터

멀리 떠나온 기분에 젖어보는 것이다. 사치하는 것이다.

「아줌마, 저 있던 방, 1박 더 할 수 있을까요?」

그렇다고 한다. 그러면서 밖으로 나가는 내게

어딜 나갔다 오겠냐고 묻는다.

「네, 집에 좀 다녀오려구요.」

꿈꾸는 수영장

파리에서의 2년은 정해진 시간이었다. 정해진 돈은 2년이라는 정해진 시간 안에 바닥이 날 것이었으므로 나는 어떻게든 그 안에 돌아와야 하는 시간을 살았다. 돌아오는 날짜를 가늠하며 내가 거르지 않고 했던 일은 수영을 하는 일과 시를 쓰는 일이었다.

후배 집에서 기생해 살았다. 작은 옷방에 책상을 들여놓고 그 방에서 매일 시를 썼다. 그러다 하루 한 번이나 두 번쯤 생각난 듯이 후배의 집 옥상에 있는 수영장에 올라가 수영을 했다.

시를 쓰다 질리면 수영을, 수영을 하다 질리면 시 앞으로 갔다. 확실히 물은 사람을 살아있게 했다. 그 무렵 살아있음을 느꼈다면 그것은 물 때문이었고 물로 지울 수 있었던 시 때문이었다. 나는 그 수영장에 이름을 지어붙였다. '꿈꾸는 수영장'이라고. 그 꿈꾸는 수영장은 거의 사람이 없다는 특징을 가지고 있었다. 꿈만 있었다.

수영장에서 만나는 한 여자가 있었다. 그녀는 나처럼 정해진 시간 없이 수영장을 찾았다. 혼자 사는 여자가 분명했다. 좀처럼 남에게 시선을 주지 않는 그녀는, 내가 기억하기로는 나에게도 눈길 한번 주지 않았다. 몇 번 인사를 건네도 그녀는 수영에만 집중하느라 내 인사를 건너뛰었다. 그녀는 물만 생각하는 사람 같았다.

그러던 어느 날, 수영을 마치고 샤워를 하고 있던 나는 하마터면 중심을 잃고 뒤로 넘어질 뻔했다. 그 여자가 내 앞에 서 있었다. 엄연히도 샤워실은 남녀 구분이 되어 있었지만 왜 그녀는 이곳에 들어온 것일까. 그녀의 침입은 둘째치고라도 수영을 마친 그녀는 산발한 머리카락부터가 상식적이질 못했다. 나는 아무 말도 못하고 맨 몸을 드러낸 채 그냥 서 있었다.

깜빡하고 수건을 안 가져왔는데, 수건을 빌려 줄 수 있느냐고 그녀가 말했다. 어이없지만 어이없는 일들을 어이 없어하기보다 잘 지나치는 일, 그것이 프랑스적인 삶이었으므로 나는 더듬거리며 말했다.

「수건? 하나밖에 없는데.」

그런 내 말을 들은 그녀는 서둘러 나갔어야 했겠지만 그녀는 그렇게 잠시 서 있었다.

나는 그녀를 얼른 치워야겠다는 생각에.

「그럼, 내가 먼저 수건을 사용할게. 그 다음 내가 너에게 주겠어. 그래도 괜찮아?」

그녀는 알았다고 말하고 여자 샤워실에서 기다리겠다고 하고는 사라졌다. 발칙하고 과감했으나 과감하지 못하고 발칙하지 못한 내가 짜증낼 일은 아니었다. 그녀의 괜찮으며 부드러우며 곱상한 얼굴에 짜증을 뱉는 일은 신사적이지 못할 것이므로.

나는 그녀의 샤워실에 수건을 넣어주고 수건을 돌려받기 위해 기다렸다. 수건을 나눠 쓰는 사이, 그 인간적인 관계에 대해 생각할 즈음, 이 대목에서 나를 아낄 것인가 말 것인가를 생각하는 사이, 그녀가 나왔다. 그녀의 머리카락은 어느 정도 정상적인 수준으로 돌려져 있었다.

말이 없는 나와 말이 없는 그녀는 엘리베이터의 진공상태를 잘 참고 있었다. 하지만 나는 곤란에 처해 있었다. 조금 있으면 내릴 그녀를 따라 내려야 하는지, 아니면 순순히 내가 내려야 하는 층까지 가야 하는지. 그녀의 머리카락을 좀 더 말려줘야 하는지, 아니면 돌아가 내 머리카락이나 말려야 하는지.

그녀가 내릴 층에 도착했다. 엘리베이터 문이 열리는 순간 나는 뭐라고 말을 하려고 했었던 것 같다. 그 모든 걸 허락하지 않은 건 엘리베이터 앞에 서 있는 한 사내 때문이었다.

언뜻 조각상을 닮은 황금빛 머리카락의 사내가 활짝 웃으며 엘리베이터와 복도의 경계를 건너는 그녀의 허리를 감싸 안는 것을 보자마자 나는 황급히 엘리베이터의 닫힘 버튼을 눌러야 했다. 어지러웠지만 힘들었지만 목을 돌려 어깨 위에 걸쳐진 수건의 냄새를 맡으니 조금 나아지는 것 같았다.

딸기 냄새였다.

인연

사람의 인연이란 건 대단하다. 그것은 쉬운 것이 아니며, 알려 해도 알 길이 없는 것이며 그래서 묘한 것이다.

인도를 여행할 때, 바라나시로 향하는 기차 안에서 캐나다 사람 로버트를 만났다. 깊은 밤, 실내등을 모두 끈 채로 달리는 밤 기차 안에서 칠흑 같은 어둠에 겨우 적응을 하고 있는 사이, 누군가 내 무릎께를 더듬는 손길이 느껴졌다. 어둠 때문이었다. 그렇지 않아도 가뜩이나 긴장해 있던 내가 갑작스런 누군가의 손길을 느끼고 흠칫 놀라자 너무 어두워서 그랬다며 그가 미안하다고 말했다.

우리는 같은 처지에 놓인 여행자였으므로 괜찮았다. 우린 그날 밤 어둠 속에서 나눈 몇 마디 얘기를 나눈 것이 인연이 되어 바라나시에서 며칠 동안 여정을 같이 '헤맨' 다음 헤어졌다. 여느 여행자들처럼 서로의 이메일 주소를 나눠가진 채.

그로부터 약 열흘 뒤 우리는 다시 아그라 어느 사원 앞에서 만났다. 아이들과 함께 천진난만하게 뛰어다니며 놀고 있는 그를 본 나는, 릭샤를 세워 그를 불렀다. 처음엔 서로 너무 반가워 말도 잘 꺼내지 못했다. 우리는 그날 밤 인연에 대해 이야기하였고 그것을 안주 삼아 맥주를 마셨다. 그렇게 이틀을 같이 보낸 후에 우린 다시 헤어졌다.

그 여행에서 돌아온 세 달 뒤, 이번에 나는 터키로 떠났다. 그런데! 한반도의 네 배가 된다는 그 넓은 땅의 외진 시골 마을, 카파도키아에서 이번엔 그가 나를 알아보았다. 사진을 찍고 있던 그가 뷰파인더 안에 내가 보였다고 했다. 우리는 서로 얼싸안은 채 빙글빙글 몇 바퀴를 돌았다. 모든 것이 거짓말 같았다. 그는 육로로 파키스탄과 아프가니스탄과 이란을 지나 터키로 왔다고 했다. 그 시간이 삼 개월이나 걸렸다고 했다.

전생에 우린 무엇이었을까? 우리가 이렇게 몇 번이나 지구 어디에선가 마주쳐 낄낄댈 거라는 걸 신은 알고 있었을까? 도무지 머리로 이해하기엔 복잡한 상황들이었다.

수학교사 출신인 로버트는 우리가 만날 확률을 수학적으로 계산하기 위해 땅바닥에 엎드려 나뭇가지로 숫자들을 적어가고 있었다. 나 역시 계산을 하고 있는 그의 옆에 서서 그가 풀고 있는 문제의 답을 함께 풀어보려 하다가「로버트, 그건 시간이 많이 걸리는 일이야!」라며 복잡한 숫자들을 그냥 지워 없앴다.

세상이 좁다고 생각한 적이 한 번도 없는 내게는 한 번 만나고 말 사람들이라 생각하며 가벼웠고 경솔했던 순간들이 있었다. 그 스침들을 생각하자니 아주 조금 가슴의 통증이 느껴졌다.

더듬더듬 그에게 불교에서 말하는 인연에 대해 설명했다.

「사방이 십오 킬로미터가 되는 널따란 돌이 있어. 그 돌을 백 년마다 한 번씩 빗자루로 쓸지. 그렇게 해서 그 돌이 다 닳아 없어지면 그게 '겁'인 거야. 근데 이 생에서 옷깃이 한 번 스치는 것도 전생에 오백 '겁'의 인연이었던 사람들이나 스칠 수 있는 거거든? 그렇다면 우린 뭘까? 과연 이건 뭘까?」

그것만으로 그치지 않고 나는 내가 아는 겁이라는 단위에 대해 더 설명해주었다. 1천 겁의 인연은, 다음 생에 한 나라에서 태어나게 되고, 2천 겁의 인연은, 다음 생에서 단 하루 동안 같은 길을 가게 된다는 식으로.

수학교사 출신인 그도, 숫자의 개념에 대해 많이 알고 있을 법한 그도 불교에서 말하는 인연의 논리를, 인연의 단위를 조금은 이해할 수 있다는 듯이 고개를 끄덕여 보였다.

로버트와의 인연은 그것으로 끝인 걸까? 하지만 장담할 수 없다. 어느 하늘 아래서 우리가 또 만나 서로 얼싸안은 채 감회에 젖어 몇 바퀴를 돌 수 있을지는 장담할 수 없는 일이 아닌가.

나는 그와 헤어지면서 이것이 마지막은 아닐 거란 말로 인사를 대신했다. 또 한 번의 헤어짐을 서운해했던 로버트는, 이스라엘 사람들이 만나거나 헤어지면서 한다는 악수법으로 악수를 하자고 했다. 그건 서로의 손을 내밀어 손목을 잡는 악수법이었다. 손바닥이 아닌, 서로의 손목을 잡고 흔드는 인사의 촉감은 특별했다.

나는 그 인사가 우리 같은 인연의 사람에겐 무척이나 잘 어울리는 인사법이라는 생각을 하며 또 한 번, 그와의 아쉬운 작별을 했다.

하지만 내가 하지 못한 말.

두 사람이 마음으로나마 한 집에 사는 것. 한 사람 마음에 소나기가 내리면 다른 한 사람은 자기 마음에다 그 빗물을 퍼내어 나누어 담는 것. 그렇게 두 마음이 한 집에 사는 것. 한 마음은 다른 마음에 기대고, 다른 마음은 한 마음 속에 들어가 이불이 되어 오래오래 사는 것. 내가 생각하는 한 그것이 진정 인연일 터이니 우리는 그저 아무 것도 아닐지도 모른다는 그 말.

케 세라 세라

언제나 한 가지 대답이면 된다.

닥치는 대로……. / 될 대로 되라. / 난 겁내지 않는다. / 이것도 운명이다.

이 모든 걸 한마디로 표현할 수 있는 말이 존재한다.

라틴어 '케 세라 세라(Que Sers Sers)'.

내 생각으로, 세상을 살아가는 방식에는 두 가지 정도가 있을 듯.
세세하게 일일이 신경 쓰고, 만반의 준비를 하면서 사는 사람.
그냥 뭉툭하게, 되는대로 터벅터벅 살아가는 사람.
자잘한 신경을 많이 쓰고, 꼼꼼이 계획을 세워서 사는 사람이라도
모두 잘 살고, 모든 일이 잘되는 것도 아니다.
그러면 그 반대. 조금 심드렁하게, 또는 대충대충 살아가는 사람이라고
잘 살지 못하리란 법도 없는 듯.

멋있는 사람은 아무렇게나 살아도 멋있다.
안 씻는 사람 안 씻어도 멋있다. 일생 정리정돈 못하는 사람은 그게 멋이다.
아등바등 살아가는 너 같은 사람은 그것도 그대로 멋이다.

솔직히, 가끔은 못하는 것이기에 꿈꾼다.
씩씩하게, 못하는 거지만 대범하게, 자신 없지만 통 크게.
말 그대로 케 세라 세라(Que Sers Sers), 그렇게.

6개월의 여행을 준비하는 와중에 친구가 나에게 했던 말이 생각난다.
'너처럼 대충대충 사는 놈이 왜 많은 사람들을 잃는 거냐? 버리는 건가?
그리고 왜 남들은 너에 대해 있지도 않은 많은 말들을 하고 다니는 거야?'

나는 알지. 잘난 척하기 때문이야. 내가 하고 싶은 것만 하려고 하기 때문이야.
케 세라 세라 (Que Sers Sers).

삶은
그런 거예요

좋은 계절이라는 핑계로 당신은 그들과의 여행을 계속했고
한 아궁이에서 지은 여러 끼니를 나누어 먹으며
낯선 풍경에 놀라 단체 사진을 수없이 찍으며
각별한 감정들을 나눴죠.
심지어 돌아오기 싫었던 거예요.

그래요.
삶은 그런 거예요.
혼자서는 도저히 불가능한 그런 것.

이야기.예순넷.

나중까지,
아주 나중까지

뭔가 하나하나 차곡차곡 진행되고 있다는 기분. 아니면 뭔가 좀 빽빽하게나마, 겨우 돌아가고 있다는 느낌. 둘 중 하나면 좋겠는데, 난 지금 그런데. 뭔가 그래도 약하게나마 돌아가는 느낌.

그게 아니면 어떻게 살 수 있었을까. 하루하루가 그럭저럭 맞물려 그나마 최소한 돌아가는 느낌이 있다면 그 아침은 다행스럽고 고마운 것.

스페인의 작은 시골 마을에 할아버지가 산다.

할아버지 이름은 '쿠르도'. 일흔다섯. 이 할아버지는 시골 밭에다 35년째 하루도 쉬지 않고 교회를 짓고 있다. 누구도 도와주는 사람 없이, 그저 자기 손으로 아침에 일어나서 잘 때까지 하루 한 끼 식사하는 시간만 빼고는 온 시간을 벽돌 올리는 일에 하루를 쏟는다.

할아버지의 어머니는 살아 계실 때, 교회를 위해 뭔가를 하고 싶었지만 너무도 가난했다. 식구들 입에 풀칠하기조차 어려운 인생을 사셨던 분. 그래서 어머님이 돌아가신 후, 자신의 밭에 기르던 작물들을 모두 뽑아버리고는 터를 다지고 그날부터 하나하나 교회 건물을 올리고 있다.

물론 넉넉하진 않다. 그냥 되는대로 나무 베어다가 기둥 올리고, 흙 퍼다 벽돌 구워 벽 만들고, 그렇게 반복에 반복을 거듭하다 보면 뭔가 이루어지리라는 것, 이것이 칠순의 노인이 사는 방식이다. 하루 한 끼만의 식사를 하는 것도 그 이상은 필요 없다고 느끼기 때문. 그 모든 것 때문인지 할아버지의 몸은 이상할 정도로 말랐으되 청년의 것만큼 다부지다. 이 할아버지를 누가 말리겠는가.

그 질기디질긴 업의 끈이 어머니로부터 나왔다는데.

이해할 수 있을 것 같다. 천분의 일, 만분의 일.

나는 나중까지, 아주 나중까지 꼭 해야 할 일이 있다고 믿는 사람이기 때문.

그게 누구와 연관된 것이든, 아니면 그냥 나하고 약속한 것이든.

그래서 조금 이해할 수 있단 얘기.

꾸물꾸물 살며, 그 자리에 뭔가를 쌓아올리는 사람.

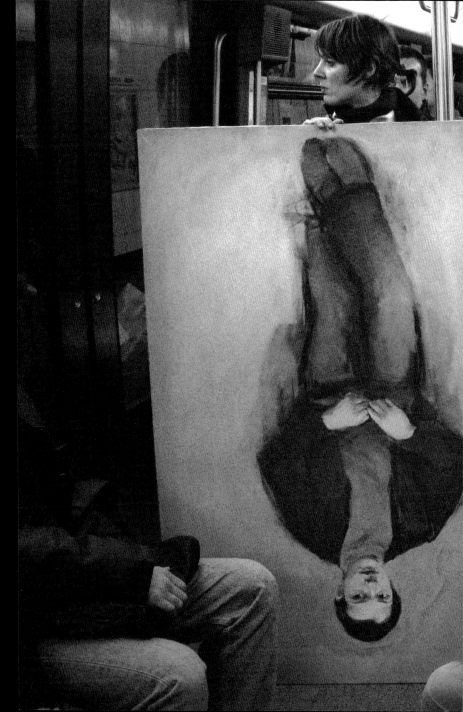

포도나무 선물

칠레 시골 마을에 포도농장을 하는 한 청년이 있었습니다.

어느 날, 한 여인이 운전을 하면서 그 시골길을 지나다가

문득 코끝으로 스치는 포도 향기에 취해 포도농장엘 들르게 됐습니다.

여인은 포도를 좀 살 수 없냐고 물었습니다.

남자는 정성스럽게 포도를 따서 바구니에 담아 그 여인에게 건넸습니다.

계산을 하기 위해 여인은 얼마를 주면 되냐고 물었습니다.

그러자 그 청년은 터무니없이 아주 비싼 가격을 불렀습니다.

여인은 자신이 잘못 들었다고 생각하여 다시 물었습니다.

하지만 대답은 같았습니다.

「네? 도대체 왜 이렇게 비싼 거죠?」 여인은 다시 청년에게 물었습니다.

「정말 맛있는 포도입니다.

세상 그 어떤 포도보다 맛에 있어선 자신 있기 때문입니다.

물론 다른 이유도 하나 더 있습니다.

제가 이렇게 높은 값을 부른 이유는,

이 포도들이 열린 한 그루 포도나무를 통째로 선물하고 싶어서입니다.

그러니 해마다 이맘때가 되면 와서 이 포도나무에 달린 포도를 따가십시오.

어떻게 하시겠습니까?

이 값을 치르고 포도나무 한 그루를 선물받으시겠습니까?」

여인은 흔쾌히 승낙했습니다.
해마다 초가을 무렵이 되면 청년은
포도를 따러 오는 아름다운 여인을 만났습니다.
그렇게 여섯 번째 가을이 되던 해,
둘은 포도나무 앞에서 결혼식을 올렸습니다.
그 포도나무의 가지를 일부 잘라 말린 뒤,
서로의 반지도 조각해 나눠 가졌습니다.
단지 여인의 아름다움에 홀려 돈도 받지 않고
거저 포도송이를 건네 주었다면
또다시 그 여인을 만날 수 없었을지도 모릅니다.
또 포도나무까지 돈도 안 받고 선물했다면
여인은 굳이 이곳에 포도를 따러 오지 않았을지도 모릅니다.
무례하지만 돈을 받음으로써 그녀가 그곳에 와야 하는
이유까지도 선물했던 겁니다.

나는 뭔가를,
세상에 가져오는
사람입니까

세상으로부터 뭔가를 받을 것만 생각하지 않는
세상에게 뭔가를 줄 수도 있는 사람입니까.

누군가를 생각하는 시간이 많으면 많을수록
나는 그 사람을 사랑하는 거라고 믿어도 되는 겁니까.

그 한 사람을 생각하는 시간이 길면 길수록
나는 세상에 뭔가
어떤 식으로든 보탬을 주고 있다고 믿어도 되는 겁니까.

따뜻한 기록

우연히, 아주 우연히 여행지에서 만난 어느 친구의 수첩을 보게 되면서
나는 한참 동안 따뜻했다.
캐나다 기차에서 만난 앙투완.
그의 수첩 속 달력 칸칸에는 베토벤, 존 레넌, 고흐, 아인슈타인……
이런 이름들이 적혀 있었다.

태어난 건, 우연의 힘에 의해 태어나는 것이므로 기억될 가치가 적지만
한 사람이 세상을 살았고 그렇게 떠나는 것은
인류에게 더없이 기억되어야 할 가치가 충분하므로
일일이 그 날짜를 기록하고, 기억하는 것이라고 너는 말했다.

따뜻한 건, 유난스러운 것이 아니라 바로 그런 거라 생각한다.
우리가 오늘을 살면서 하루하루의 가치가 형편없다고 생각되는 건
아직, 끝나지 않았기 때문이다.

epilogue
도망가야지,
도망가야지

고등학생 시절, 지방 사는 친척의 결혼식에 부모님 대신 참석하기 위해 기차를 탔다. 눈 내리는 날이었다. 그때 내 안주머니엔 축의금 봉투가 들어 있었는데 나는 목적지에 내려서도 결혼식장으로 가질 않고 눈 오는 길을 걷고 또 걷다가 다시 기차를 탔다. 일주일 동안을 집에 들어가지 않았고 전화조차 하지 않았다.

처음이었고, 단독이었던 나의 여행은 그렇게 시작되었다. 집으로 돌아와 죽을 것처럼 두들겨 맞았지만 그래도 좀 살 것 같았다.

처음 나의 그런 욕망들은 잘 보이지 않았다. 한 권의 두꺼운 책처럼, 드넓은 광장처럼 그것은 얼굴을 쉽게 드러내주지 않았다. 그러는 사이 나는 그것에 흠뻑 빠지고야 말았다.

거기, 길이 있었다. 기분 좋은 일이 일어날 것 같고, 운수 좋은 일이 닥칠 것 같은 길이었다. 애초부터 그 길을 가려고 한 건 아니었다. 다른 길로 가려 했지만 뭔가 자꾸 잡아당기는 기분이 들었던 길. 그래도 그 길로 들어서지는 않았다. 다른 길로 가다 보니 어느새 길은, 이쪽 길로 이어져 있었다. 다른 길로 가도 한 길이 되는 길의 운명. 길의 자유. 그 길 위에 나는 서 있었다. 그 길에 서 있음으로써 나는 살 것 같았다.

쑥스러운 외도였다. 하지만 그 외도가 이렇게 나를 큰길로 내몰게 되리라곤 그 누구도, 나도 미리 짐작할 수 없었다. 지금 생각해보면 돌이켜보는 일만으로도 아찔한 감이 없지 않다. 어떻게 그 많은 곳을, 그 낯선 곳을 성큼성큼 다녔단 말인가.

하지만 고맙다. 운명이 나를 그리로 몰아준 것에, 내 운명의 묘한 자장(磁場)에 감사한다.

이삿짐을 정리하다가 찾게 된, 근 10여 년간 여행을 하면서 메모지처럼 들고 다녔던 노트 뭉치들을 들춰보면서 가슴에 큰 돌 하나가 올려진 기분이 들었던 건 뭔가를 계속해서 끼적이며 살아왔다는 사실 때문이었다. 왜 그걸 하면서, 그걸 붙들고 살아온 것일까.

그 많은 곳을 다니면서 그냥 다닌 것이 아니라 끊임없이, 쉬임 없이 써야만 했던 것이 살기 위한 것이었는지 아니면 시간을 때우기 위한 것이었는지 또는 존재의 한 방식이었는지는 분명하지 않다. 그 분명하지 않음이 슬프기까지 하다. 하지만 열정이 아니고는 그럴 수도 없었을 터. 분명 나에겐 열정이 있었고 아직도 열정이 남아 있다는 사실이 믿기지 않는다. 이제 그 열정을 쓰게 된다면 끼적이고 쓰고 하는 일이 아닌, 또 사진을 찍는 일도 아닌, 더 다니는 일에 쓸 것이다.

이 책은 아무것도 아니다. 여행의 기록이라 포장되었지만 여행의 기록도 아니며 더더군다나 여행의 지침서도 아니다. 하지만 이 책을 세상에 내놓음으로써 영원히 떠나 있는 사람이고자 했던 소망 가까이로 몇 발짝 다가갈 수 있을 것 같다. 이 책이 세상에 나왔으니 나는 이제 비로소 떠난 게 된다.

사람을 좋아하는 사람은 상처 때문에 떠난다. 나 또한 다르지 않았다. 사람으로부터 내가 사는 곳으로부터 떠나 눈발이 된다. 사는 일 또한 그랬다, 차곡차곡 쌓이 사람과 희망에 대한 환상으로 살면서, 때론 조용히 허물어지는 것까지도 바라보는 것.

끊임없이 뭔가가 닥치는 일이 인생이고, 그 닥치는 일을 잘 맞이하고, 헤치고 그러다 다시 처음인 듯 끌리고 하는 게 인생의 길이란 생각이 든다. 나 또한 모든 이들의 바람처럼 그 인생을 통째로 느끼고 싶었고, 느끼며 살고 싶었을 것이고, 그래서 이 책의 바탕은 그것이 된다. 조금 욕심을 낸다면 그 느낌들을 당신에게 전하고 싶었다는 것이다. 그러니 같이 가주었음 한다. 내 길에 당신도 함께해줬으면 한다.

카메라 노트

밖에는 비가 오고
카페 안은 따뜻하다.

멕시코의 이발사.
머리 자를 때가 되면
생각나는 아저씨.

늦은 밤 거리,
세워놓은 자전거,
고요함 그리고 막막함.

문득 행복하냐고
묻고 싶을 때가 있다.

많이 사랑했냐고
묻고 싶을 때도 있다.

센다이 고원의 스키장.
커피숍의 계산대 마른 장미들.

India
Benares

United Kingdom
Haverfordwest

United Kingdom
London

France
Paris

France
Troyes

France
Paris

Peru
Cuzco

France
Paris

Peru
Puno

Greece
Santorini

Rumania
Traii

Rumania
Suceava

갠지스 강은 시바 신의
이마에 걸린 초승달
모양처럼 흐르고 있다.

언덕 위의 집.
사진 우측으로
바다가 보였다.
끝은 없는 대서양.

택시 기사는
등에 차가운 것이
내려앉는 느낌을
받았다고 했다.
「좋은 일도 아니고,
나쁜 일이잖아요」

내가 더 잘할게,
라고 말할 수 있는 사이.
그런 사이였음 좋겠다.

고양이처럼
돌아왔으면 좋겠다.
하지만 어찌 될 것인지,
어찌해야 할 것인지를
결코 당신이라는
고양이는 알려주지
않는다.

그래,
그래.

어떤 밀착.
절대적인 밀착.

마음을 읽기는 어렵다.
그러나 들여다보기는
재밌다.

350에서 600그램 사이,
당신에겐 심장이 있다.

산토리니 섬의 주인은
고양이일지도 모른다.
고양이가 많은 섬.
이야기가 많은 섬.

하루 스물네 시간이
열두 시간밖에
안 될 때가 있다.
하루 스물네 시간이
마흔여덟
시간일 때가 있다.

누군가,
한 사람의 심장에 남는,
사람이 되는 것.

France
Paris

Bulgaria
Koputiushziza

China
Pingyao

Mexico
Guadalajara

Italy
Venice

Taiwan
Kaoshiung

Vietnam
Hoian

Vietnam
Hanoi

France
Paris

Canada
Vancouver

France
Paris

France
Paris

센 강가에서 나는 울었지.
물과 나무는
사람을 벅차게 하는 데가 있어.

한번 가면 오던 길을
하얗게 까먹고
오래 돌아오고 싶지 않은 곳.
우리 거기 가지 않을래?

아름다운 고성의 도시.
평생 시계를 보지 않고도
살 수 있을 것만 같은.

세상에서 가장 아름다운 길은
누군가를 마중하는 길이다.

조금은 멀리 있어도 돼.
내가 조금 걸으면 되니까.

－알렉산드르,
　저녁엔 우린 무얼 먹지?
－당근 주스하고,
　당근 수프, 그리고……
－알렉산드르,
　그런 건 아침에 먹는 거야.

거리에 노출시켜놓은 부엌.
집이 좁거나 더워서일 테지.
내가 갖고 싶은 부엌.

길거리 국수 가게.
한 시간만 팔면
오늘 하루 장사 끝.

나에게 좀 잘해주고 싶은
날들이 있다.
그럴 땐 내가 아닌
다른 사람에게 기대게 된다.

중국 여인.
세상 많은 서양인들은
중국 여인과 데이트하는
환상을 갖는다.

연인처럼 사랑하지 않는다고 해서
친구로서 사랑할 수 없는 건 아니다.
가장 좋은 건 같이 있다는 느낌이다.
절대, 혼자가 아니라는 그 느낌이다.

고마워서 살고
고마워서 힘이 되고……
고마워서 나는,
조금이라도 세상에
갚아야겠다.

**Tibet
Lhasa**

가야지요.
차곡차곡 쌓은 환상도 펴보면서.
때론 그것들이
조용히 허물어지는 것도 봐야죠.

**Vietnam
Hoian**

세상에는 혼자 볼 풍경이 있고.
둘이 봐야 할 풍경이 있지.

**France
Paris**

좋아 보였어.
내내 그 두 사람은.
행복해 보였고
그래서 위험해 보였어.

조금만 넓게.
조금만 색깔 있게 생각하기.

**China
Harbin**

무언가 넘치는 많은 것들을 보면
가슴이 출렁한다.

**France
Paris**

우연치곤 희한하지 않아요?

china
Dati

이미 지금
그곳엘 가게 된다면
그전 같지 않으리란 생각,
모든 것들이.

Turkey
Istanbul

나는 하루에도 여러 번씩
버스를 잡아타고
보스포러스 해협을 건넜다.

France
Paris

난 인생에서 아직 찾지 못한
보물 한 가지를 찾으려 해

U.S.A
New York

묻고 싶은 게 많아서 가을이다.
나를 지나간 세상 모든 것들에게
잘 지내느냐 고 묻고 싶어서 가을이다.

France

변하지 않는 꿈도 괜찮지만
늘 변하는 꿈을 가지고
사는 것도 괜찮다.

Nepal
Pokhra

어쩌면, 어쩌면
우리가 안고 사는
이 지지부진한 삶의 틀은
그곳에서 한순간
깨져버릴지도 모른다.

Italy Florance

Kiss, Kiss, Kiss.

Italy Venice

우선 베니스에 도착했다면
산 마르코 광장을 찾아가는 일부터 시작해야 한다.
누가 알려주지 않았어도 모두가 약속이나 한 것처럼
그곳으로 가고 있으니 당신도 꼭 그래야 한다.

Japan Sapporo

우리는 서로 보이지 않는 실로 연결되어 있다.
우리는 서로 맡아지지 않는 향기로 묶여 있다.

Japan Tokyo

넌 너를 중요하게 생각해야 해.
지금 네가 널 아끼지 않으면
넌 지금보다 더, 안 좋아질지도 몰라.

Italy Venice

하지만 언제나 혼자인 길이었다.

France Paris

한 계절 동안
가장 아름답게, 절정으로 살다가
또 한 계절을 아주 조용하게 쉬는 것

조금 새로운 곳이면 좋을 거야.
바람이 조금 불어도 좋을 거야.

연애의 기초를 이루는 것, 많이 웃어야 한다.
비록 그 사람이 다른 사람을 좋아하고 있을지라도……

아무것도 정해져 있지 않는 내일.
나는 내일의 파도가 어떨지 궁금합니다.

갔던 길을 다시 가고 싶을 때가 있어.
그 길은 누가 봐도 영 아닌 길인데
다시 가보고 싶은 길.

난 어른이 되었지만, 난 가끔,
내가 어린 시절을 통과했다는 게 고마워.

'처음'이란 말이 붙은 세상의 모든 말들을 좋아한다.
첫 장면, 첫 문장, 첫 여행지……
처음을 기억하자. 처음에 모든 비밀이 숨겨져 있다.

오늘이 지나가고 희망이 지나가고
사랑도 지나가면,
다른 날이 올까?

내겐 너무 많은
감정들을 종이 위에.

즐기지 않는다면
뜨는 태양 앞에서
아무 감정이 일지 않고
푸르른 바다 앞에서도
바보가 된다.

뉴욕에서 제일 좋아하는 거리.
작은 갤러리가 몇 있고 조용한.
뭔가 좀 빈 듯한.

여행이란,
약간의 행복감만 준비하면 된다.
그리고 많이
어지를 준비를 하면 된다.

마술상자 속에서 자다 나온 기분.

문 앞에서의 은은한 불빛,
향긋한 음료의 향기,
아이들 웃음 소리.

껴안다.

우리 십년 후에
페인트가 벗겨지고,
금이 가 있더라도
너무 가벼워지거나
너무 무거워지면 안 돼요.

provacative:
도발하는, 자극적인.

길에서 탱고 음악을
틀어놓고 춤을 추던 노인.
한국인 순영 씨의 사진을
가방에 넣어 다녔음.

우리는 그림자를 밟고 걸었을까요.
아니면 밟지 않고 걸었을까요?

**Portugal
Porto**

조금만 더 머무르자
조금만 더 눈길을 주고,
조금만 더 받아내자.

**Portugal
Aveiro**

지나간 사랑도 잘 있겠지,
조금 힘들겠지만 잘 하고 있겠지.

**United Kingdom
London**

정말 꼭 맞는 옷을
찾았다고 소리치겠지.

**China
Hangzhou**

무엇 때문인가요?
난 이 사진을 보면 슬퍼집니다.

**Mexico
Oaxaca**

내가 살고 있는 것도
설명되지 않는 것 가운데
하나일까요?

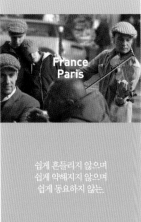

**France
Paris**

쉽게 흔들리지 않으며
쉽게 약해지지 않으며
쉽게 동요하지 않는.

**Swiss
Lausanne**

같은 하늘 아래
살고 있다는 이유만으로
힘이 되는 한 사람을 가졌습니까……

**France
Paris**

힘든 날은 누가 시키지 않아도
하늘을 올려다보게 된다.
바로 그때, 한 사람이 지나간다.
내 머리를 지나, 내 가슴을 지나
한 사람이 지나간다.

**Georgia
Tbilisi**

우리가 소년이고 소녀였을 때
그때가 지금보다 더 행복했다고
말할 수 없지만
그때가 지금보다 더 간절했다고
말할 수 있다.

**China
Yunnan**

나는 따뜻함과 수줍음이
함께 있는 사람인가.

**France
Paris**

혼자여도 좋고 둘이어도 좋고
다 같이도 좋아요.
살짝 흐르는 눈물은,
병 아니에요.

**Morroco
Volubilis**

민트 잎 한 다발을 사서
깨끗이 씻은 다음,
주전자에 넣고 끓는 물을 부으면
민트 향내가 물씬 풍기는 차가
만들어진다.

France
Paris

Morroco
Fez

Peru
Cuzco

Japan
Tokyo

India
Bombay

India
Benares

Finland
Helsinki

Finland
Helsinki

Taiwan
Kaoshiung

Vietnam
Hochiminh

U.S.A
Sanfrancisco

Finland
Helsinki

내가 조금만 더
좋아하자.

살아 있는 기분을
느끼지 않으면
살아 있는지 어떤지
모르잖아요.
조금 무서운 말 같지만
그건 사실이에요.

그랬지, 그랬지.

지난 번 보내준 선물
잘 받았어요.

쉿!
아직 엄마가
안 주무세요.

하루를 사는 일,
쉬워요. 하지만
어려운 게 하나 있어요.
그건 바로
나를 돌봐주는 일.

내가 좋아하는 사람은
이 세상에 없어요.

이 계절엔
비밀번호도 하나
새로 만들어야 돼요.

누가 사는지 한번쯤
들어가보고 싶었던 집.

조금만 나눠 가져준다면,
나머지는
내가 알아서 할게요.

너랑 같이 쓰던
우산을 접고,
비 개인 하늘을
올려다보는 기분.

비 온 뒤에
해가 뜬다는 말,
좋은 일이
있을 거라는 말.

U.S.A
New York

사랑하면서,
우리는 어딘가로 빨려 들어가는 것 같지만
실제로는 우리 몸에서 뭔가가 빠져나가는 거야.

Cambodia
Poipei

하루 종일 내 옆에서 부채질을 해주세요.

U.S.A
New York

나를 앞세우는 데 충실했나요.
그 사람을 앞세우는 데 충실했나요.

Italy
Venice

너는 나와 다른 지점에서 웃는다.
나는 너와 다른 지점에서 반응한다.
너는 나와 다른 입맛을 가졌다.
나는 너와 다른 취향을 가졌다.
너는 내가 가지고 있지 않은 부분을 가진 것이고,
나는 네가 필요로 하지 않은 부분은 가진 것뿐.

Finland
Helsinki

우리 사이는
내가 듣는 쪽이 더 많았어요?
내가 말하는 쪽이 더 많았어요?

Italy
Capri

시원한 나무 그늘, 그 나무 그늘 아래, 챙 넓은 모자,
읽다 만 책 한 권.
파래서 너무 파래서 눈물이 날 것 같은 하늘.

독일 심리학자가 연구했다.
껌을 즐겨 씹는 사람들이 그렇지 않은
사람들보다 무려 30% 이상의
많은 정보를 보유하고 있다고.

그때보다 지금이 괜찮은 건
그때는 몰랐던 걸 지금은 조금 알기 때문이다.
그건 그때의 조금 못난 내 자신을
지금의 내가 껴안고 있기 때문이다.

소노라-캘리포니아-애리조나-사하라-
리비아-아라비아-타르-빅토리아-아타카마-
칼라하리-투르키스탄-타클라마칸-고비.

배고픈 얼굴.
문득 손으로 그 눈빛을 가려주고 싶은.

그 사람은 스카치테입의 앞면 같은 사람이었는지
아니면 뒷면 같은 사람이었는지……

기다리지 않아도 됩니다.
내가 가면 됩니다.

끌림
ⓒ이병률 2010

1판	1쇄	2005년 7월 1일
2판	1쇄	2010년 7월 1일
	54쇄	2024년 3월 5일

지은이 이병률

진　행 변규미
마케팅 김도윤
브랜딩 함유지 함근아 고보미 박민재 김희숙 박다솔 조다현 정승민 배진성
제　작 강신은 김동욱 이순호

펴낸곳 달
출판등록 2009년 5월 26일 제406-2009-000034호

주　소 10881 경기도 파주시 회동길 455-3
전자우편 dal@munhak.com
전화번호 031-8071-8683(편집) 031-8071-8681(마케팅)｜팩스 031-8071-8672

ISBN 978-89-93928-18-1 03810